再见房客

周雅雪／著

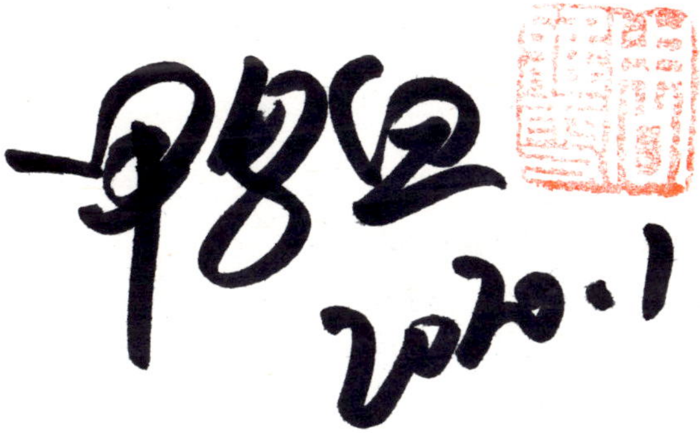

西南师范大学出版社
国家一级出版社 全国百佳图书出版单位

图书在版编目(CIP)数据

再见，房客 / 周雅雪著. — 重庆：西南师范大学出版社，2019.6

ISBN 978-7-5621-9806-2

Ⅰ.①再… Ⅱ.①周… Ⅲ.①故事－作品集－中国－当代 Ⅳ.①I247.81

中国版本图书馆CIP数据核字(2019)第099399号

再见，房客

ZAIJIAN，FANGKE

周雅雪　著

责任编辑：张　昊
责任校对：王玉竹
装帧设计：闰江文化
内文插画：马开峰
排　　版：重庆大雅数码印刷有限公司·张祥
出版发行：西南师范大学出版社
　　　　　地址：重庆市北碚区天生路2号
　　　　　邮编：400715
　　　　　网址：http://www.xscbs.com
印　　刷：重庆市正前方彩色印刷有限公司
幅面尺寸：145mm×210mm
印　　张：6.125
字　　数：180千字
版　　次：2020年1月　第1版
印　　次：2020年1月　第1次印刷
书　　号：ISBN 978-7-5621-9806-2
定　　价：40.00元

序言

37.2度的爱情

张立新

周雅雪，作家，画家，重庆“网红”艺术民宿“鸭血粉丝窝”的女主人。大概是怕麻烦人家，雅雪对初识的朋友都说，你可以叫我“鸭血”，很爽直体贴的一个女生。

在这个“网红”经济时代，“鸭血”是真正的“网红”，你可以在全国热播综艺节目里看到她，也可以在商业中心的巨型广告屏上与她劈面相对。当然，你要走近她，可以去她的“鸭血粉丝窝”，也可以通过她的书，她的文字。文字是“鸭血”的另一种存在，甚至比现实更真实。

和通常的文艺女青年截然不同，“鸭血”的言辞间没有文艺腔，反而颇有些江湖气，她那享誉海内外的艺术民宿“鸭血粉丝窝”，和她那些从四海八荒慕名而来的神秘房客，就是她的麻辣江湖。读者朋友们由此可知道一些本书的精彩所在了吧。

读“鸭血”的文字，不能不说说她这个人，或许这二者根本就是合一的，文如其人，见字如面，她的文字不只是文字，而是一种生活方式，一种性情气韵，随性自然，她的个性气质从文字背后呼之欲出。

"鸭血"说，她最好的朋友就是文字，文字替她坚守着她的坚守。对导演李安来说，外表有多儒雅，内心就有多狂野。而"鸭血"似乎正相反，外表有多狂野，内心就有多温柔。这个有时还疯疯癫癫的有侠女风范的女生，在直播里可以张牙舞爪、放浪形骸，要多闹腾就有多闹腾，然而，她的内心是安静的、优雅的、温柔的。

做民宿（"鸭血"不允许别人把她的民宿说成是客栈），是"鸭血"的一种生活态度，艺术态度。她守着"鸭血粉丝窝"，接待房客，闲暇时写写画画，喝酒，聊天。跟"鸭血"说话，任何时候都不需要寒暄，都是性情使然。她身边自然也凝聚了越来越多的性情中人，他们来自天南海北，各行各业，千姿百态，揣着各自的故事和心事。

"网红"民宿、"网红"女主人和她的房客，也许我们脑海里会飞快闪过《新龙门客栈》等武侠电影的片段：妖艳的老板娘，神秘的房客，各路江湖豪杰汇聚一堂，夺宝，复仇。"鸭血"和她的房客更多的是一种青春的遇合，青春的江湖。关于男人和女人，背叛与拯救，放弃与坚守，青春，爱情，身体，欲望，十二个故事十二种恋爱，有分有合。这些爱情故事大多是真实的，以一个女性的视角，爱情的视角，生命的视角，艺术的视角来呈现。"鸭血"是一位安静的倾听者，讲述者，那些来来往往的房客，大多已成为她的朋友，成为她生活的一部分，成为一段文字，一段青春的记忆。

"鸭血"是个信奉爱情的女生，她自己研发的一款鸡尾酒，命名为"37.2度"，用她的话说，那是人体最舒适的温度，爱情的温度。虽然这些爱情故事不一样，主角不一样，但人类的那些基本情感，那些生离死别，爱恨情仇，都是相通的。"有一班飞机，曾为我停留，但从不属于我。"爱情从来都是你自己的，和他人无关，多么痛心的领悟。一切都会过去，也许还会有心痛，还会有回忆。

时间正在慢慢沉淀为岁月，"鸭血"有一种她自己未必意识到的时间焦虑,她想打捞岁月,打捞那些青春记忆,为青春留影。她还在思考,她的思考和通常文人的思考方式不一样,她用行动思考,有一种大无畏的勇气。第一次见她,用心理分析的方法给她看相,我说:"折腾的女人命苦。"没想到她想都没想就回我说:"苦才是人生。"愿她享受她的苦乐人生,她有这个勇气和智慧,在人人都敬畏的生活面前,她不会坐以待毙,而总是一副主动进攻的姿态,精神抖擞,勤勤恳恳。愿"鸭血"永远年轻,永远充满闯劲儿。

2019年5月27日于重庆嘉陵江岸

目 录

第一季

一百一十七号

山城的秋日，雾霭蒙蒙，天空灰得低沉。从山上往下望去，那一栋栋的房子格外密集，原本矗立很高的楼在雾气笼罩下变得渺小了起来。

今天又是一个没有阳光的日子，微风拂面，已渐渐有了凉意。在一幢幢高楼间的街道上穿梭的人群并没有因为这样的天气而减少。有的人步调很慢；有的人健步如飞；有的人提着两大袋的早餐朝着那栋最高的楼奔去，袋里装着油条、豆浆、小面、咖啡，在电梯门就要关上的瞬间挤了进去。乘坐电梯的其他人明显嗅到了那人手中袋子里食物的味道。刹那间，安静的电梯里若隐若现地响起了“咕噜，咕噜”的声音，有些人面带羞涩地把脸转向了一边，有些人则小口小口地吞咽着口水。

周一的早晨对很多人而言都是忙碌的，昨日的休憩让人们对今天的早起都带着十分不情愿的情绪。电梯停靠在不同楼层时，每一个走出电梯的人，脚步都是那么的沉重，也许是饥饿感作祟，也许是因为还没从昨天的休假状态中走出来。

“叮！”电梯终于到了37楼。苏雪走出电梯时，她的两只手早已泛红、发酸。她手里拎的是给从昨夜加班到现在的员工买的早餐。办公室里大部分的人都顶着黑眼圈，她也不例外。苏雪和他们都为了今天的投标而未休周末，奋斗了两天两夜。

所有的准备工作都已经就绪。加班的人们以不同的姿势瘫坐在椅子和沙发上。也有人手捧着咖啡，站在落地窗前，望着楼下的人群、车流，静静地发着呆，以缓解一个通宵的疲惫。

苏雪分发完早餐，匆忙地走进了自己的办公室，再次细细地查看起桌上已经整理好的招标书。她检查完毕后，习惯性地点了一支烟，抿了一口已经凉了的咖啡，靠在办公室的大落地窗上，望着窗外的雾景，优雅地对着玻璃吐出一口烟圈。

她知道如果能顺利地把这个项目拿下来，所得的报酬就能实现接下来自己所计划的旅行。此刻，她仿佛已经看见自己在旅行的路上，呼吸着不一样的空气，欣赏着异域风景。她是那么热爱旅行，喜欢在旅行中所感受到的自由，但又不得不为了生计而奔波忙碌。

“喂，苏总，车子出现了意外，我现在只能开到4S店去检修，不能送你去投标现场了。”助理打来了电话，苏雪静静地听着，只是听，没有说什么。因为时间已经不允许她再去做多余的安排。

她开始焦虑起来。不过还好，这突如其来的状况没有让她措手不及。她迅速拿出手机，叫了一辆专车。她要和时间赛跑了，一边整理投标所需的材料，一边快速地整了整衣装就下楼等车了。

她踩着一双大红色的高跟鞋，脚踝裸露在外面，一条修身长裙包裹着娇小的身子，脖子上那条绿色的围巾是前几天刚买的，充满了生机，一头长发散乱地披在肩膀处，她站在马路边，像是一道风景。她没有等待太长时间，车子就来了。

车子准时出现在苏雪面前。坐在驾驶位上的是一个看起来很阳光的大男孩，而他的车是一辆改装过的蓝色车。

男孩十分有礼貌，主动将苏雪带的样品放到了后备厢。

“这是什么东西啊？这么沉！”这是他说的第一句话。苏雪没有回答，拉开了车门，一坐上去就打开了化妆包，她要给自己化一个清新的妆容。其实，苏雪不喜欢化妆，但为了在今天的招标会上给对方留下一个好印象，她简单地描了眉毛，刷了几下睫毛，再擦了淡淡的唇彩，满意地照了下镜子，闭上眼睛养神。

男孩没在意苏雪的傲慢，不疾不徐地坐进驾驶位，点开车载音乐，放了一首舒缓的曲子。他看了一眼旁边的女人，模样虽然让人心生爱慕，但他不喜欢这样的女人，太冷漠了，冷漠中还带着傲慢。

“换一首。”苏雪突然开口了。

“你要听什么歌？”男孩温柔地询问道。

“哎，你随便吧！开快点儿，我有很重要的事情要做。”苏雪始终没有睁眼，她太累了。她要抓紧每一分每一秒的休息时间，让自己能有一个好的状态。她知道一会儿要开的招标会，将是一场硬仗。说完这句话后，她没再和男孩多说其他的。

此时，苏雪根本就睡不着，眉头开始紧皱，她心里很清楚，今天周一，车子怎么也不可能快起来，能不堵车就已经算是幸运了。

大桥上的车辆很有次序地行驶着，他们的车子也在其中。不一会儿，他们的车子进入一个隧洞，再出隧洞拐出去，只要再向前开一小会儿就可以到达目的地了。苏雪睁开了眼睛，看了看手机上的时间，心想：还好，时间还赶得上。她不禁松了一口气，神情也舒缓了下来。

突然一连串“砰——砰——”声从前方传来，司机踩了一个急刹，苏雪的身体也随之向前倾倒了一下。前面发生了连环追尾事故，若不是男孩反应迅速，立马一个急刹，他们也会撞上去。

苏雪有些急了：“还有没有其他的路？你把车停好，我看下后备厢里的东西。”

“没有了，九滨路全重庆就只有一条，你要去的地方也不能掉头啊！"男孩子的脾气很好，轻言细语的。车子靠边停了下来，苏雪火急火燎地下车查看了放在后备厢里的东西。

不一会儿，苏雪怒气冲冲地跑到另一侧，敲了敲驾驶位的车窗："你怎么开车的，东西都坏了，你知不知道这个对我有多重要？我这是样品，拿去投标的！"

男孩缓慢地打开车门走了出来，看到后备厢里的东西的确一分为二了，这个急刹也不至于啊！他的驾龄有这么多年了。

"不好意思，这种情况谁也不想发生，这次车费我就不收了。前面不到一公里就是你要去的地方，要不然，你走过去？这个事故肯定要处理很久。"男孩看了看苏雪，很温和地说道。

"走？你让我提着这么重的瓷砖，还穿着高跟鞋，你是脑壳里进水了吗？"苏雪不是那种吹毛求疵的女人，她是从农村里出来的，苦也吃过不少，搬东西这种事情对她而言不算什么。但现在，一公里多的路，就今天这个打扮，她实在无法想象能不能准时到达了。无奈没有别的办法，也只能这样做了。

她没有顾及今天的着装，包斜挎在肩上，两只手怀抱着一分为二的样品，高跟鞋的声音特别干脆，渐渐地身影远去。男孩看着远去的身影，心里荡漾着一股奇怪的情绪，东西坏了，不管是不是他的原因，如果她投标失败，他也会内疚的。

中午雾气散去了，虽然云层依旧那么厚、那么低，但还是能看到若隐若现的太阳。苏雪一脸落寞的神情，拖着沉重的步子走出了招标现场。那微弱的阳光没有让她感到一丝的温暖。样品一分为二，并不是她投标失败的主要原因，关键是样品的材质与之前送去的样品差别太大。这根本不是她之前在广东找到的样品，而且在投标现场，另一家公司的报价居然比她的总价低了几千块钱。面对这一切，苏雪有些茫然了。

苏雪不知道自己是如何回到公司的，她没有理睬员工们的询问，因为她不忍心告诉他们：一起辛苦的成果就这样打水漂了。她一个人瘫坐在办公室里，不断回忆着准备投标的每一步。她在想究竟是哪里出了问题——是那些员工？可他们和自己一起加班加点，没有时间搞鬼。是那个司机？可他也是今天早上因为自己的车出了故障，临时叫的。难道是……她突然想起来，这些东西是她的助理今天早上装进袋子里的。

苏雪立马抓起手机拨打了那个她拨打了无数次、无比熟悉的号码，而听筒里传来的却是："您所拨打的用户暂时无法接通，请稍后再拨。"苏雪一下子全明白了，不然助理怎么会在她最需要的时候说车子出了问题，而现在他的电话又打不通了。果然，想明白了的苏雪在桌子的一角上，看到了一封之前因为她心不在焉而没有在意的辞职信。信中没有一句抱歉的话，只有草草几个字而已。

看完信，苏雪无力地仰靠在椅背上。几年了，这个助理跟了她这么久，她感觉到前所未有的一种苦涩。那些年说好的一起奋斗，那些年说好的未来规划，那些年的感情，在此刻都犹如泡沫消散在空气中。她没有眼泪，因为心里滴下了血。

这个下午，她一直把自己关在办公室中。被身边最亲近的人出卖是何等的可笑，她的脑海里浮现了很多过往。就在这个时候，她的手机响了。她本不想接，但看到了号码，是那个男孩。犹豫了片刻，她还是接了。

她平复了下心情，很礼貌地为早上的事儿说了声抱歉，声音有些低沉。

男孩也隐约感受到了什么，说："你要有什么需要，可以打电话给我，我不是专职司机，就偶尔没事儿开车载下客，顺便交朋友。"

"那你能不能来接我出去走走？"苏雪软绵绵的声音让男孩不忍拒绝。

这个可怕的周一就要结束了，苏雪很清楚自己接下来要做什么，她没有办法挽留一个要走，并且在走的时候还狠狠给了她一刀的人。

依旧是那辆蓝色的车子，再次停靠在当时的位置。这一次男孩给苏雪拉开了车门，说："我叫陈冉。"苏雪突然笑了，因为陈冉自我介绍的声音很小，跟他高大的形象截然相反。

苏雪坐到副驾座位后，让陈冉放一遍早上她让他换掉的那首歌。

"早上放的那首？"陈冉心里在想，早上不是让自己换歌了吗？女人果然是种奇怪的生物。不过，他好像开始有点儿喜欢这个奇怪的生物，或者说越来越感兴趣了。

伴着音乐，合着微风，随着苏雪此刻的心情，陈冉安静地开着车。他在想今天只要能让她开心起来，他做什么都可以。

车子沿着一条长长的小道盘旋起来。这条路苏雪从未来过，但她说，去哪儿由陈冉来决定。路边有些野花开得很艳丽，姹紫嫣红。时不时还能嗅到阵阵青草的幽香。青草像少年一样，花儿像少女一样，她此刻只是一个不想回家的人。此刻的天气依旧糟糕透了，树叶有些湿漉漉的，空中弥漫着尚未消散的雾气。近十分钟的山路，没有一辆车。

陈冉自从介绍了自己后就一直安安静静地开着车，他不知道说什么，或者他想听她说，说她的故事，去了解她，并爱上她。车子在一个广场上停了下来，周围不繁华，有几家小店，露天的小茶馆、餐馆，还有搭着棚卖饮料的杂货店。

陈冉锁上了车门，走向苏雪说："走吧，在上面。"

这座城市实在太美，尤其在这样的一个视角下，苏雪从未在这么高的地方，看这座自己在此奋斗着的城市。她感觉到前所未有的一种放空状态。放眼望去，马路上的车辆还是那么多，有下班回家的，有赶着要去约会的，还有一些她不知道的，也许还有和她一样的人，遭受着同样的经历。

世界就是这样的，她凭什么去计较那些不好的事情呢？她只能选择去承受。苏雪托着下巴，目视远方，那些车流、那些人越来越模糊了。

“陈冉，车里有没有酒？”苏雪这才想起来身边还有另一个人。然而陈冉此刻并不在这里，他好像很懂苏雪一样，没有等苏雪开口，就已经去买酒了。

瓜子、花生、怪味胡豆、啤酒，两个人没有言语地饮着酒，看着同一片天空，守在同一处景中，想必这就是人生最繁华的时候。

人在喝醉的时候，最真实，也最勇敢。不然苏雪也不会一直不停地给陈冉讲故事，从事业讲到爱情。听到苏雪还是单身，陈冉很是开心。他沉醉在她的故事里，喜欢这个身上有很多故事的女人，尽管她比他整整大了五岁。

此刻，他多想去抱抱这个女人。她的内心是有多强大才没有落泪，他想走进这个女人的世界。朦胧的月色照在苏雪脸上，让她看上去更加美丽动人，陈冉痴痴地看着。风好像吹得越来越让人发冷，苏雪一个喷嚏还没来得及收回，陈冉已经脱下了身上的外套，披在她瘦弱的肩上。

苏雪很自然地靠在了他的肩膀上，两个人依旧碰撞着手里的啤酒瓶，那声音很好听，是苏雪听过的最美的声音。

这个夜晚是如此多情，绽放着一个女人的小心思。苏雪的内心没有一丝的拒绝，这个叫陈冉的人，她很喜欢。

最好的故事是一切顺其自然地发生，就像两个人很自然地牵手、接吻……不用花很多的时间去了解一个人。因为一眼万年，有些人注定第一次见面就是永恒。

苏雪一直认为真正的爱情就是如此，没有顾及其他，没有年龄的差距，她的心跳给了明确的答复。

清晨有红日，冉冉升起。陈冉疲倦地躺在车上，睡意正浓，苏雪知道自己该走了。昨晚的一切就像梦，太美，是那么的不真实。她不愿如此美好的梦境就这么破灭。她选择留在心里，自己悄然而去。

苏雪习惯性地来到了公司。公司里的一切还和自己昨天离开时一样，只是以往时常跟随在身边的人不在了。她也慢慢开始放下，这对她而言从来都不算什么。有什么比自己开心更重要的呢？她不愿去想那么多，但她始终忘不了陈冉，忘不了那座山上的梦境。

自那晚之后过去两天了，他们谁都没有主动联系对方。她知道这不是"一夜情"，然而陈冉也没有再找她。苏雪有点儿失落，有点儿害怕。

"苏总，有你的花。"前台打来电话。

这个时候送花，会是谁？身边那些追求者？苏雪不想去前台拿，也懒得去看，继续埋头工作。

今天她有意加班加到特别晚，她不想回家一个人待着，这里比家里要踏实一些，不用一个人去面对。她有些困了，需要下楼去买杯咖啡解乏。

苏雪披了件外套，拿着手机朝门口走去。花实在太香，整个前台大厅里都散发着清新的气息，绿色的雏菊以各种姿态开放着。她拨弄了下那些花，看到了上面那张卡片："记得你喜欢雏菊。我想有一天可以在你喜欢的地方，由我陪着你徜徉在漫山遍野的花海。"

苏雪的心再次悸动了起来，她马上拿出手机，想发个短信说点儿什么，但最后还是将手机搁进了兜里。

电梯到了底楼，她又无聊地拿出了手机，这些天陈冉的号码是她最喜欢的数字，她一直盯着这串数字，回想起前几天两个人在山顶上所发生的一切。

"你怎么来了？"电梯门打开的时候，陈冉出现在苏雪面前，让她吃惊地问道。

“还好我来接过你，不然我真怕自己把你搞丢了，我很想你。”陈冉的眼神深邃而坚定。情话有些蹩脚，不过苏雪很喜欢，她又何尝不想他呢！

“那天为什么不辞而别？”陈冉很想知道答案，但他一直没有问。他知道她想说的时候自然会说。他再次牵起苏雪的手，两个人走在马路上，奔向街对面的咖啡店。

陈冉一直记得苏雪的梦想。在山顶的时候，她说：“我想要有个院子，有个男人，有条狗。”他毅然决然地决定做那个“男人”，他要给她想要的一切。

日子比以往过得更让人幸福，苏雪再次恋爱了。公司里的一切又开始有了好的转变，唯一不变的是她依旧有那么多的应酬，要喝很多的酒，会错过陈冉的电话，有时候都忘记了要回拨过去。

直到那天，陈冉在公司楼下等她下班，想给她一个惊喜。然而苏雪早已经离开了公司，正在和客户吃饭。陈冉坐在车上，把那首他们相识时的歌曲不断重复播放，这样可以想象苏雪就在车上。

“陈冉，我喝多了，你来接我。”苏雪打来了电话，陈冉这才醒悟，原来苏雪不在公司。他最讨厌苏雪和别人喝酒，而且还喝那么多，他生气地点燃了烟，心里有些挣扎，最终还是担心她。

包间里，除了苏雪和她公司的三个女孩外，其他都是男人。那些男人看起来都面如红枣，双眼像狼一样放光。无论高的、矮的、胖的、瘦的，还是戴眼镜的，他们的目光都在往那些女孩身上瞟去。还有个秃头死皮赖脸地拖着一个妹子要亲亲。包厢里充满着酒精和欲望的荷尔蒙。

陈冉知道这些男人在打什么主意，他也理解苏雪的不容易，径直地走向餐桌，打开了一瓶啤酒，一口气“咕咚，咕咚”灌了下去。

“我是苏总的男朋友，她今天喝得有些多，我就先接她回家了，不好意思，各位。”陈冉很强势地背起了苏雪，拿起她的包，带着她离开了。他没看一眼那些眼神中充满失望和欲望的男人们。

兴许是苏雪喝了太多酒的缘故，她不停地在陈冉的背上吵闹、挣扎。由于她挣扎得太厉害，陈冉一下子没背稳，把她摔了下来。苏雪立马委屈地哭了起来：“我不想喝酒，讨厌应酬，陈冉，你们男人为什么那么喜欢约女人喝酒！”说完“哇哇”地吐了出来。

陈冉此刻真不知如何是好，他不是那种想灌醉女人的男人，他是一口酒都不想让她喝的。她眼中的男人究竟有多可恶？陈冉没去想，他毫不嫌弃地背起已经吐了一身的苏雪，继续在热闹的大街上走着。

苏雪一直在吐，吐得陈冉满身都是，直到苏雪坐到车里，陈冉放低了座位靠背，她才睡了过去。他心疼这个女人，这种感觉比刚刚灌下去的酒还要让人难受。

“陈冉，我要回家，看爸爸妈妈。”苏雪迷糊地说着。

陈冉轻声回道：“明天我陪你回去见爸爸妈妈。”然后他通过后视镜望了一眼躺在后座的苏雪，满眼心疼。

夜晚的重庆灯火虚幻浮华，终究比白日的城市多了缥缈的希望。陈冉开车行驶在起伏的路上，车载音乐里播放的是他们第一次相遇时听的那首歌。

初晨，暮色褪去，一切归于平静，重复的生活，重复的开始。

陈冉陪苏雪来到她的爸妈家，那是一栋破旧但很整洁的公寓楼。

苏雪走在前面，陈冉拎着水果跟在她的身后。在楼梯的拐角处，房间的门突然打开了，响起了一个浑厚的声音：“后面还有人吗？”这是苏雪的父亲，苏雪“嗯”了一声继续上楼，有点儿害羞地指了指陈冉说：“我男朋友。”然后径直回到了自己的房间躺在了床上。陈冉打完招呼，把水果放在客厅桌子上，也跟着到了苏雪的房间。

这个房间小而精致，落地玻璃窗，屋子里有木头的气味，有阳台上鲜花的香味，还有一股酒味。一面墙上堆满了书籍，还有苏雪写的一些散文、诗歌和小说。他安静地坐在床边，一边陪着苏雪，一边认真地翻阅了起来。

这才是真正的苏雪。文字里的她率真而纯粹，像个孩子一样，没有世俗的那些困扰，她是属于自己的。作为她的男人，陈冉知道自己该怎么做了。

然而吃午餐时的意外，让陈冉的想法开始动摇。苏雪的父亲用力地拍着桌子说，反对他们两个人在一起，不仅是因为年龄的差距。

陈冉回头看了眼还在争吵的一家人，一个人默默地离开了这个让他有些挫败感的地方。虽然他比苏雪小，但这不是阻止他去爱这个人的理由。在爱情面前，年龄永远不是问题。想在一起的人，是永远分不开的。苏雪给他的感觉太强烈了，除了苏雪，好像再没有哪个女人能让他动心了。

苏雪绝不是那种乖乖女，任何事情在她决定后都无法改变，更何况是爱情。她所有的信仰都是爱情。她在等，等陈冉来找她。她决不先开口，她相信自己的这个男人不会让她失望，如果因为她父亲的那些话就逃跑，那样的男人也不值得托付。

时间一晃，春节就要到了。以往的春节她都在西藏度过，一个人感受着苍茫茫的白色世界。一个人在客栈抽烟、喝酒、写字。一个人在大昭寺晒太阳，在布达拉宫看着那些朝圣的信徒。然而此刻，她没有去，她在等，等一个奇迹。

"我没有很想你，只是在很多个小瞬间想起你，比如一部电影、一首歌、一句歌词和无数个闭眼的瞬间。""我在你家楼下餐厅，晚上一起吃饭？"看到陈冉的短信，苏雪微笑着，感觉就要被融化。她终于等到了。

苏雪给自己选了条裙子，她不喜欢裤子，不喜欢修身的衣服，越宽大越让她觉得舒适，她的骄傲也不需要高跟鞋来支撑。

这个餐厅苏雪以前经常来，就在她家的楼下。她没事儿的时候可以坐在这里喝喝小酒，听听音乐。最近这里有了汤锅，热腾腾的水汽一波接一波地扑向陈冉的脸庞。他还没来得及发现苏雪，苏雪就已经出现在他面前。

红酒一瓶又一瓶倾泻进苏雪的肚子。她带了整整一箱红酒，今天不是她醉，也是她醉，陈冉的酒量太好了。

陈冉不停地往苏雪的碗里夹菜，苏雪不断地往陈冉的杯中倒酒，这兴许是两种不同的爱的方式，就像这两个原本不是一个世界的人。

苏雪已经喝大了，开始有点儿口齿不清了。

“陈冉，你为什么不可以再勇敢一点儿？我们可以一起旅行，我们可以去很多地方。”苏雪有太多的问题想得到答案了，即便没有答案，她也想知道，这是她的性格。

陈冉挣扎了片刻，站起身来走向苏雪。

“你能不能亲我一下？”苏雪踮起了脚尖，大胆地向陈冉索吻，用力地吻住陈冉的嘴唇。此刻陈冉也不再顾忌了，疯狂地回应着她。周围的人都傻傻地看着他们，有人起哄，有人吹起了口哨，还有人也趁机向身边人索吻。

他们确定了彼此，不再彷徨，不再犹豫。

第二天，陈冉掏出两张飞往西藏的机票递给苏雪。

“回家收拾行李，明天去西藏，你不是说每年都想去那边过年吗？这次我陪你，以后你想去哪儿我都陪着你。”

苏雪知道这是她想要的结果，只是她不知道两个人在西藏过年的当天，她会哭得那么伤心。外面的烟花是那么动人，拉萨的风吹得人骨头都会痛，她点好了餐，买了红酒，想要浪漫地度过这一天。

然而，她鬼使神差地提议玩真心话的游戏，才发现原来陈冉不是没有故事，他有过恋爱，有过一夜情，他好像并没有苏雪想得那么简单。他是不是隐藏了些什么？两个人争吵了起来，这是他们的第一次争吵，陈冉摔门而去。

苏雪看着窗外的烟花，眼泪一股劲儿地往外倾泻，泪滚烫地落在被单上，湿润了一大片，此刻的她比烟花更寂寞。

陈冉今年二十五岁，已经工作了好些年，他不可能没有谈过恋爱。游戏是苏雪提出来的，较真的也是她，她就是这种人，任性到有时候找不到用什么方式去爱他。

苏雪有些受虐般地享受在这个夜里哭泣，无止境的。她号啕大哭了一个多小时，一直哭到了脱力，身子一栽，倒在床上睡了过去。

若不是突然有人敲门，苏雪肯定一觉睡到第二天下午。

“你怎么走了，把我一个人丢在这里哭?”苏雪仿佛感受不到寒冷似的，只穿着一件大T恤站在门口。

陈冉看着眼睛哭肿了的苏雪，用冰冷的手擦了擦她脸上的泪痕。“我没走，我只是在楼下陪你看烟花。”

苏雪的泪瞬间再次崩塌了，扑簌簌地落个不停。

两个人在雪地里奔跑，雪里都是他们的名字、脚印、手印，见证着他们爱的宣言。

苏雪躺在陈冉的怀里。冬天布达拉宫的太阳让人特别舒适，陈冉喜欢苏雪的笑，他说：“苏雪的笑可以融化雪。”

如果没有争吵，兴许就不知道有多在乎；没有那些发生过的事情，便不会有另一个人去表达的机会。人的一生会遇见许多人，朋友也好，情人也罢，每一个出现在你生命中的人，都有其意义。这就是两个人之间的相处，潜意识总在暗示着什么。

回重庆那天已是深夜。陈冉带着苏雪回家，陈冉的母亲还没有睡，正在拖地。地板很亮，反着光，可以看到苏雪紧张的表情。陈冉的房间很简朴：白色的墙，铺着素色床单的床，老旧的电脑桌，一看便知岁月的电视机，只有两格抽屉的衣柜。苏雪看了看铺在床上的床单，隐约感觉到了什么。这上面一定睡过其他的女人。她又拉开了衣柜，果然，里面还挂着其他女人的衣服。她气得眼泪都要流出来，但是她没有哭，拽起自己的包就奔进楼道。她接受不了，像她这样有精神洁癖的女人，容纳不下一丁点儿的沙尘。

自那夜之后，两个人冷战了很久。没有一个电话、一条短信。两个人的心里出现了一条深壑，陈冉没有做好跨过它的准备。苏雪亦接受不了他的那些过去，虽然她自己的过去也不少。

自那以后的每天，陈冉都会去山顶。看看这座城市，想念着一个叫苏雪的女人。他不想就此放手，他买了新床和床单，将衣柜中他前女友留下的衣服扔进了垃圾桶。他只想要苏雪回来，为她完成梦想，证明给她的父母看，从此好好去疼爱她。

一个多月过去了，陈冉每天都熬夜到很晚，找工人打墙，自己修建院子、刷墙、种花，还养了条狗，这些都是给苏雪的。他要向她求婚，要给她一个只有他们两个人的家，一个院子，一条狗，还有他们的未来。

这段时间里，苏雪过得也并不开心。陈冉在她的心里已经根深蒂固，她挪不掉，也不想挪。她没日没夜地忙碌着，唯有这样才可以不去想他。她想要停掉自己辛苦奋斗的事业，出去走走，看看这个世界。她太累了。

临走前，她还想去一个地方。

这天的温度比他们最初遇见的那一天还要冷。没有陈冉的景色，看起来毫无色彩，一切都变成了灰色。从不停歇的车流，绚烂缤纷的霓虹，在她泛着泪光的眼中糊成了一片。明天她将离开，终于可以为自己活一次了，没有爱情，没有事业，只有自己一颗流浪的心，她熄灭了烟头，朝很远的地方走去。

不远处走来一个身影，再熟悉不过了——陈冉！是老天的安排吗？苏雪有些手足无措，低着头，慢慢地走过去。“他看到我了吗？他会叫住我吗？他心里还有我吗？”苏雪在心里起伏不定地想着。

“雪儿！”陈冉突然叫了起来。

“嗯，好久不见。”苏雪有些尴尬地回了一句。

两人又回到了原点，不由自主地肩并肩朝着崖边的栏杆处走去。他们默契地趴在栏杆上，看着远方，良久。

“雪儿，明天我想带你去一个地方，你不能拒绝我。”陈冉知道如果不加上后面那句话，苏雪可能会拒绝。他想强势一点儿，虽然这是苏雪的风格，而不是他的。

“明天？好……我还有事儿先走了。”说完，苏雪飞奔地跑开了，消失在下山的小路上。只剩下陈冉孤独地站在那里，看着远去的那个小点，他心里有些不确定。他发了一条微信：“明天我会去接你，你多睡会儿懒觉，十点，请不要解除我爱你的权利。”

这一夜，苏雪难以入眠，脑海中一直回想着陈冉最后的要求。然而，她并没有给他回微信。

七点，八点，九点，九点四十，时间一分一秒地流逝，今天是个下雨天，雨不大，雨点飞舞得很自在。这样的雨天很容易让人生情，忧伤。雨水在流浪，她的心却被困住了，不知道是走还是停，城市的寂静处，是心的不明去向。

“我到了。”苏雪的手机收到了陈冉的短信。

世上有能阻挡爱情的力量吗？没有，苏雪自己也不可以，脑海里已经没有什么可以去想的了，她要下楼，扑进他的怀里，告诉他留在这座城市，陪她度过余生，如此这般可好？

还是那条熟悉的路，陈冉难道要带她去山顶，在这个雨天再看一次风景？雨水顺着雨刮器流动着，车突然拐上了一条不一样的路，马路很狭窄，两边是大树丛林，绿油油的一片，树枝上的叶子开始凋落了，这里的空气弥漫着爱情的味道，很甜蜜。车上还是那首熟悉的音乐——

我陪你找个池塘，
盖间平房，
忘掉哀伤，
给自己一个有鱼的地方
……

车子在一块平地上停了下来，周围有几套破旧的房子，有的像是被拆迁过，有的还挂着以前的招牌，有很多的狗，种了很多的菜，各种各样的，还有一群小动物，鸡鸭成群，仿佛来到了一个动物园。

很快，位于右手边的房子吸引了苏雪的眼睛，那铝合金做的烟囱里没有炊烟，老瓦上铺满了爬山虎，根茎粗大，零星有些干枯的叶子，天空洒落的雨滴声在这里显得清脆了起来。

陈冉撑开了雨伞，牵起苏雪的手，将她带向一个院子。院子里种满了各种菊花，开得正艳。

“雪儿，这是我给你的幽灵古堡。给，钥匙，你自己开门。”

苏雪显然被吓坏了，这是演的哪出戏，让她竟然不敢向前。“陈冉，我把公司关了，我本想今天离开这座城市的，今天是我的生日，我想给自己一趟遥远的旅行。”雨水混合着眼泪，从苏雪的脸颊滑落。

“想走？你不能走，你要嫁给我，做我的女人。”说着，陈冉单膝下跪，手里没有戒指，只有一个北欧的老盒子，里面有胭脂盒，有三张照片，上面清晰地写着“嫁给我”三个字。

雨突然就停了，苏雪在翻盒子，找戒指，打开胭脂盒才发现里面只有一个易拉罐的拉环，想必这就是戒指了，她笑了。

她早已不喜欢那些华丽而不真实的东西了，现在的她一条长裙，一双老布鞋，身上没有佩戴任何东西，她知道自己想要什么了，不是用一些东西去填满内心的虚荣，而是真实地活着。

她第一次这么用力地去抱住陈冉，越抱越紧，哪怕并不能双手环绕他。陈冉的身体很强壮，腰上还有一些松弛的肉，有微微隆起的小肚腩，她就是喜欢这种踏实，这是属于她的男人。

一道玻璃门打开，里面空荡荡的，房子很大，一间、两间、三间……朋友住一间，自己住一间，还有一间做工作室，可以写书、画画。

突然一个声音朝这边奔来，是小狗的声音，多可爱啊！它的样子跟陈冉很像——正直、阳光、朴实，皮肤是棕色的，耳朵往下垂，是个"男子汉"。而它的眼神很忧郁，跟苏雪很像。

"它叫'乔巴'，你不是喜欢看海贼王吗？"陈冉从来没有忘记过苏雪说的每一句话，哪怕是苏雪喝醉后的酒话，他都会当真，生怕遗漏掉了什么。

从此，他的世界只围绕一个人转，只要是苏雪想要的。

他们把彼此留在生命的缝隙里，珍惜未来的每一段旅程。

而爱，就从这年的一月十七日开始，一直蔓延到永远。

第二季

我想让你活到三十岁

春日细雨绵绵，一周总要下上几天。不论是否打伞，那雨总会飘近身，打湿一片。在这样的日子里，去山边那片小广场的观景崖畔，远眺山下那座城市的雨景，很有一番意境。只见细雨连绵而下，密而急，在一幢幢高楼间，起了一层层雨雾，如烟轻缓地飘荡着，好似一幅现代都市的水墨画。

苏雪很喜欢看这幅“水墨画”，有时会情不自禁地念起那首诗：

千里莺啼绿映红，
水村山郭酒旗风。
南朝四百八十寺，
多少楼台烟雨中。

虽然那些高楼不是“南朝寺”，也没有四百八十之数，却也鳞次栉比地屹立在烟雨中，挺是应景。

春雨过后便放晴，阳光让小院里的一切渐渐变得温暖了起来，院子里的花经过春雨的洗涤绽放得更加娇艳了。

不知不觉间，苏雪已经在这里生活一年多了。乔巴已经长成了

“大小伙”。小家伙很聪明，它会握手，会坐下，会叼着篮子跟在苏雪后面走，还会陪着陈冉去湖边钓鱼。

苏雪喜欢吃那湖里的鱼，尤其是陈冉做的。有时她也会陪着陈冉一起去湖边。陈冉钓鱼，她就在一旁画画或写字。偶尔她也会什么都不做，静静地看着陈冉钓鱼，就像在看一幅天然的画。她很享受这样的时光，一切看起来都那么自然。

苏雪把房子涂鸦成了一座童话般的“城堡”，房子变得五彩斑斓了起来，之前的破败感不见了，一副生气勃勃的样子。她还在屋里屋外挂满了自己的画，每一幅画都有着它独特的记忆。屋子里摆放着一些小物件，每一件都有一个故事，是友谊的象征。有很多小物件是这一年来过往的房客留下来的，也有一些是那些喜欢这里的友人们带来的。朋友们有事没事都会来这里聚聚，苏雪喜欢和他们一起把酒言欢，谈天说地。

这个地方就如同春天一样，美好而祥和，这也是苏雪和陈冉打造它时的初衷。慕名而来的人越来越多，他们从各个渠道知道了苏雪和陈冉的故事。他们喜欢这样的爱情，他们也想感受这样的氛围——田园般的生活。

苏雪认为好的爱情便是如此，女孩可以做自己，随心所欲。因为有男人心甘情愿地为这个女人付出。这并不是什么自私，因为爱情里的两个人都很享受。这是一种舒适的状态，两个人用喜欢的方式活着、爱着。

美中不足的是，山上时常会停水停电。苏雪不得不叫外卖。

说起外卖，苏雪常常怀念起那个女孩，她们就是通过外卖相识的。那是一年前，同样的季节。

“你好，你的外卖。”一辆电动车停在了门口，送餐的是个女孩，模样清秀，身材有些微胖，长长的头发扎成了一个丸子状的发髻，年纪不大，二十几岁，声音有些尖，脸上带着阳光般的微笑。

苏雪第一眼就对这个女孩充满了好奇，她很想知道女孩的故事。

“那个——你要不要坐会儿？”苏雪接过了外卖并对女孩发出了邀请。

“下次吧，我还要给别人买东西呢！刚刚接了一个跑腿代购的活儿，你这个地方好美，改天我上来玩。”说完女孩骑上车，“嗖”的一下出了院子，驶向下山的小道。

苏雪注视着女孩远去的背影，想着“她应该还会再来的吧”。

几日后的早晨，苏雪像往常一样起来浇花，这是她心情最好的时候。随后再拖地，下厨，给自己和乔巴做早餐，吃完便带着乔巴去散步。她喜欢这样的生活，比起以前在公司的时候，现在的日子才叫“活着”。空闲的时候，她会把画架拿到院子里去画画，尤其在这样的好天气里，煮上一壶茶，一个人可以待一天，从未感到孤独。

一天又要结束了，天色渐渐有些暗下来，苏雪正准备做晚餐，打开冰箱，看着里面满满当当的菜，她有些不知道做什么吃。

“咚，咚，咚……”就在这时，有人敲门。

“你好，好几天没见了，还好吗？”

苏雪一眼就认出了站在门口的女孩，因为她看见了那辆停在院子里的电动车，更认出了女孩那让人记忆深刻的微笑。

“吃饭了没有？我带了些卤菜，一起吃点儿？”女孩今天看起来特别青春，一条背带裤，一件白T恤，一双黑色的帆布鞋，典型的邻家女孩打扮。

苏雪走进吧台，调起了鸡尾酒，这是她跟一个从国外回来的师傅学的。此时正是她展示学习成果的时候，两杯“37.2度”，色泽看起来像盛开的红玫瑰，中间层有些金黄，底层是白色的。刚入口，苦味持续数秒，随后舌尖慢慢泛起丝丝甘甜。

女孩子自我介绍了起来，不过苏雪正认真地调着酒，她只听到女孩自称叫阿花，贵州人，是少数民族。

阿花很喜欢苏雪调的酒，抿了口酒后问道："这酒有什么寓意吗？"

"有人说，人体最舒服的温度就是37.2度，我想这是一杯遇见的酒、相爱的酒，苦尽甘来，像极了我们的生活和爱情。"苏雪托着下巴，摇晃着酒杯说道。

苏雪很喜欢这个味道，她会给所有她喜欢的人调制这款鸡尾酒。

她们一边吃着卤味、喝着小酒，一边畅谈了起来。

阿花学的是室内设计，非常热爱画画，来到重庆后没有找到合适的工作，房租又太贵，索性送起了外卖。两个人聊着聊着就放下了酒杯，一起画了起来。阿花是"写实派"的，她画的花特别美，黄色的、紫色的、橙色的，垂吊在花篮里，还有一些花，看起来没那么显眼，但却让人很着迷，很像阿花这个人，简单、素雅，偶尔会让人眼前一亮。

苏雪是"抽象派"的，就像她一直活在梦里一样。每当别人问起她是不是美院出身时，她就一脸嫌弃，她不喜欢教条，她认为画画就是一种自我表达方式。她喜欢阿花的作品，或者说是她喜欢阿花这个人，所以阿花的一切都成了她喜欢的。

那天晚上，阿花住了下来。两个人的聊天就没停过，若不是陈冉回家，她们能一直聊到第二天的清晨。

翌日清晨，阿花走得特别早，她还要去工作。她喜欢听着轻柔的音乐，骑着车穿行在这座城市。

从那晚畅聊后许久，阿花再没来过。

再次见到阿花的时候，她瘦了很多，也已经不再做跑腿代购了，而是在一家工作室里做起了设计师助理。

自那以后，只要阿花休息，她就会来到山上，和苏雪一起画画、喝酒，谈天说地。

和许多来城市打拼的人一样，阿花只有通过自己的努力，才能生存下去，一个月七百元一间的屋子，不带卫生间，房间只有十几平方米，每天上上下下要爬梯子，房间里没有空调，只有一台老式的风扇，那风扇转得很快，好像一下子就可以忘记夏天。

阿花很努力，经常熬夜画图，但是公司里的设计师都觉得自己是最厉害的，根本不会接受阿花的想法。原因基本都是："阿花，你太年轻，没有经验，连和客户怎么谈都不知道。"没有人主动带着阿花去接触现场和客户，有些人的眼神中还带着歧视。阿花工作得并不开心，但这座城市是她自己选择的，哪怕每晚刚入睡，很快就会被蚊子咬醒，然后一整夜都在打蚊子。

老天从不会辜负有心人，在这世上的角落里，一定有一个人悄悄地爱着这么努力的阿花，她应该得到如此恩惠。

公司新调来的设计师总监韩军，是一个英俊的男人，他和公司里的其他人不一样，他热爱工作，态度很谦和。

这天阿花和平日一样加班到很晚，她加班不仅是为自己拼搏，还因为家里的蚊子实在太多，而且屋里又闷又热。

都是夜里不归的人，韩军亦是。他下楼买烟的时候，正好看到还在加班的阿花。

"还在加班？"韩军疲倦地打了个呵欠问道，他的余光扫射了一下阿花的办公桌，桌上有几张草图，他想拿起来看看。

"总……总监！"阿花被吓了一跳，然后站了起来，答话都有些哆嗦。

"你画的是不是我们公司接的那个酒店项目？我还没有设计完，你的能不能借我参考一下？"总监居然要借阿花的草稿，她怎么也没有想到，她只是看了设计师发给她的图，里面有一些问题，她将自己的想法填充了进去。

韩军也忘记了要去买烟，拿着阿花的草图就又回到了办公室，留下还傻傻站在那里、脑子有些乱的阿花。

让阿花更想不到的是，第二天的会议上，她从一个不起眼的画图员，直接被安排成了总监的助理，这个叫韩军的男人教会她很多东西，亲自带她去和客户洽谈，让她走进现场，还会听取阿花的意见并采纳，阿花一下子就成了公司里的红人。

阿花的“逆袭”让有些人开始嫉妒了，办公室里慢慢流传出了各种绯闻。有人说，阿花是陪韩军睡了，才得到了这些；也有人说，阿花是拿住了某位高层的把柄，才升职的。然而阿花没有在意这些流言蜚语，她知道她凭的是自己的努力，当然也有韩军的赏识。

不过由于两个人长时间在一起工作，他们的相处渐渐变得微妙了起来。但韩军工作起来的样子比阿花想象中要可怕，他不容许任何人打扰，脾气很大，性格也有些古怪。阿花很难走进他的世界，她也很不喜欢韩军那种若即若离的态度。

时间过得很快，一转眼就到了秋季。落叶飒飒飘下，在地上积起厚厚的一层，踩上去发出脆脆的咔嚓声。

就在白露这天，阿花像往日一样早起上班，可刚出家门肚子就一阵绞痛，疼得她直接躺倒在地。此刻她唯一想到的就是向韩军求助，她不停地给韩军打电话，可话筒里传来的一直是“暂时无法接通”。她有些绝望，疼晕了。其实韩军一早就坐飞机出差去了深圳，但他并没有告诉阿花。

等阿花再次醒来的时候，她已经躺在了医院的病床上，手臂上插着输液针，肚子已经没那么疼了。问了护士才知道，原来她疼晕后，被隔壁的好心邻居发现，帮她打了120，并垫付了诊费。

下午邻居来探望了阿花，阿花十分感谢，并归还了邻居垫付的诊费。

邻居走后，空荡荡的病房里就只剩下阿花一个人了，此刻的她感到孤独和失落。她有些恨韩军，在她最需要的时候，他连电话都不接。阿花决定了，她要和韩军“分手”。

而就在这时，韩军终于回复了，但却是一条短短数语的短信：“阿花，我现在在深圳出差，跟我女朋友一起。”这条信息让阿花的心也绞痛起来，她被欺骗了，原来在他心里，自己只是一个替代品。阿花终于理解了韩军对她为什么总是若即若离。

阿花很失落，原来这段感情从一开始，就只有她一个人在投入。她的眼泪忍不住地落下，一种无力感加上未痊愈的病痛席卷全身。但她明白，这个时候一定要更加坚强。

正当阿花独自伤感时，一个身材壮硕、面容和蔼、像个邻家哥哥般的大夫突然推开了病房的门。他就是阿花的主治医师，胸前的名牌上写着——毛康。

“四十九床病人陈阿花。”毛康的声音很有磁性，浑厚而又掷地有声。

阿花被毛康这一声惊了一下，回过神来。

“是，是我。”阿花弱弱地回道，有点儿像一头受到惊吓的小鹿，怯生生地看着进来的毛康。

“这是你的诊断报告，拿着。这些是近期你要服用的药，记住一定要按时服用。你可以回家休息了。啊，对了，你家属在这边吗？下次叫家属一起来。”毛康把诊断报告和药给了阿花。

阿花没有回答，她接过了报告静静看着。医生的字都很潦草，但她还是辨认出了那写着她病况的四个字。她也明白了毛康为什么要让她叫上家属一起来了。

她看了看窗外，又看了看毛康，突然开口道：“能给我一个你的电话吗？”阿花的表情很认真，肤色看起来很苍白，眼神有些失去了光彩。

毛康有些错愕，他不清楚这个小姑娘怎么会问他要电话号码，但他清楚的是，他给她的病例上写着“胃癌晚期”。毛康的心里有些难受，他做了那么多年的大夫，他很清楚，这是绝症。看着眼前这个年轻的生命，他心里感到很沉重。虽然他清楚，他不能和病人太亲近，但他还是给了她电话号码，他不忍心看到眼前这个小姑娘失望的表情。

毛康在一张病例纸上写下了自己的号码，撕下来递给阿花。没再停留，转身离开，他还有很多病人要去巡查。

阿花拿着写有毛康电话号码的纸片，呆呆地出神了好久……

一个多月过去了，毛康渐渐忘记了曾被他嘱咐带家属来复诊的女孩，毕竟他每天都太忙了，他要做的事情太多，根本没有时间去细想。现在的他比以前更懂得了作为一名医生的责任所在，他很疲倦，一有时间就会趴在桌上打个盹。

“毛大夫！”一声清脆的喊声，把睡得迷迷糊糊的毛康给叫醒了。

毛康睁开惺忪的眼睛，捏了捏鼻梁，让自己尽快清醒过来。整理好自己的白大褂，他拉开了门。门口站着两个女人，一个年轻，一个已到中年。毛康把她们请了进来，又转到自己的位子上坐下。

毛康接过女人递来的病历本看了起来。看了病历本后，他才想起，这个病人就是上次那个女孩。女孩剪了个短发，好像还涂了口红，看起来精神多了，气色也好了很多。而女孩身边穿着暗红色衣服的中年女人一直很安静地坐着，直到毛康看向她时，她才说道：“大夫，我是阿花的妈妈。”

看得出，阿花的妈妈哭过很多次了，眼睛依旧红红的，声音还有些微颤。她接受不了她的大闺女，这么年轻就得了不治之症。原本阿花不想让她来的，可她还是放心不下，坚持要一起来，她想亲口问大夫：“闺女还有救吗？”她要亲耳听到大夫的回答。

然而现实是残酷的，阿花的妈妈没有听到自己想要的答案，而毛康也不会在这种事上去撒谎欺骗病人的家属。虽然阿花不想让自己的母亲担忧，但她也没有阻止毛康把实情告诉自己的母亲。这些日子里，阿花已经想明白了很多，她知道自己的时日无多了，但是她不愿意沉沦下去，她想乐观、开心地走完自己的余生。

虽然阿花今天看上去很精神，但是复诊完的病情依旧很不乐观，甚至可以说很严峻。不能手术，只能采取保守治疗。她按要求换了病号服，躺上移动担架，被护士推进了化疗室。她很平静地躺在那里，护士让她做什么就做什么，十分配合，她知道化疗后会发生些什么。

阿花望着正在给自己认真治疗的毛医生出神，然后痴痴地说："毛医生，你有女朋友吗？"这是她第二次来化疗时问毛康的，化疗室里的医生都笑了起来。毛康被这突如其来的问题搞得语无伦次，脸有些微红，最后只能尴尬地报以一个傻笑。

"毛康，送我回家。"阿花做完化疗，躺在病床上刚休息完就给毛康发了这条短信。

此时毛康刚刚忙碌完一天的事，在自己的办公室里泡了一碗面，就收到这样一条短信。他不知道这丫头要捣什么鬼，但阿花是他的病人，他没法不搭理她，只得放下手里的桶面，披上白大褂，匆匆地走去阿花的病房。

毛康进病房时，阿花正乖巧地坐着，两只手搁在大腿上，身体坐得笔直，看起来就像上完课的小学生一样，等着家长来接。经过一阵做买卖似的讨价还价，最终毛康还是拗不过阿花的请求，送她回家了。

这是他们第一次真正单独相处，出租车上，毛康原本是想直接坐到副驾驶的位置，却被硬生生叫去了后排座。对于阿花的各种要求，他好像无法拒绝。毛康心里一直念着："她是病人，我是她的主治医生，我应该让病人有好的心情、好的状况。"实际上他也知道，这些都是借口，他实在忍不下心拒绝阿花。

“哎，毛康，你还没有回答我，有没有女朋友呢？”阿花再次问起了这个问题。

“没有。”面对这样的咄咄逼人，毛康显得有些不知所措，本来腼腆的他，脸“唰”地一下就红了。

这是阿花想要听到的答案，这两个字是她这段日子里听到的最美好的词，但是她开心，又难过。

她知道，自己已经喜欢上了此时坐在身边的这个男人，但她可能没办法去牵手就要离开了。

她强忍着泪水说：“我知道我治不好了，我也想好了接下来的路该怎么走。”说到这，她终于忍不住流下了眼泪。她特意将头转向了窗外，继续说道：“毛康，明天我们一起去看电影吧！听说《滚蛋吧！肿瘤君》上映了，我想这很适合我看。”

“明天不行，我要搬家，改天吧。”他可能是太累了，闭着眼睛靠在座位上，轻轻地回答，他没有看到阿花的眼泪。

“我可以让我哥去帮你搬家，他有车。”阿花依旧坚持着。

但是毛康没有回复，他打起了瞌睡，困意袭来，没一会儿就响起了轻轻的鼾声。阿花望着熟睡中的毛康，微笑了起来，依旧笑得那么甜。

第二天，他们没有去看电影。阿花带着她哥哥来帮毛康搬家了。毛康一开始想要拒绝，最后还是接受了兄妹俩的好意。这一天，毛康和阿花聊了很多。毛康对她也熟悉了起来，她的工作，她家的情况，她的故事。

阿花不再去工作了，过去的一个月里，公司同事都知道她得了绝症，大家对她的态度都好了起来。可这不是她想要的，她不要同情和施舍。况且她也察觉到了，她的身体已经承受不住跑来跑去的忙碌了。

韩军也来看过她一次，送了向日葵花，和他的女朋友一起。他有些愧疚。但是阿花没有在意，她已经放下了，人生就是一段不断遇见、不断告别的旅程。她好像已经看透了一切，云淡风轻。

现实是残酷的，没有任何征兆，阿花的病情突然加重了。她的身体已经产生了耐药性，每次化疗后会有剧烈的反应，呕吐、抽搐。每次都需要打一针镇静剂，阿花才能平静下来，然后安静地睡去。阿花隐隐感觉到了危机，留给她的时间不多了，她不想带着遗憾离开，她还没有好好地爱一次，她还有很多话要同毛康说，她还有很多事想和毛康一起做。她想在生命最后的时光里留下一些温暖的记忆。

时值立冬，毛康依旧拖着疲惫的身子回到了家。一开门就闻到了一阵阵食物的香味，又听见厨房里传来了炒菜的声音。毛康呆住了，这次刚搬的家，他母亲也没说要从山东过来，这会是谁呢?

只见桌上放着一盆冒着热气的饺子，一碟色泽艳丽的辣白菜，一盘味浓鲜香的回锅肉和一锅番茄牛肉汤。

毛康放下公文包，立马冲进厨房，看到了一个再熟悉不过的背影。

“你回来了，还剩一个菜就好了，马上就吃饭了。”阿花一边动着铲子，一边说。

“你怎么有我家的钥匙?”毛康有些错愕，有些惊惧。

“上次搬家，我让我哥给我配了一把，你不会要撵我走吧，要不等我吃完再走?”阿花一边盛起最后一盘菜，一边对着毛康露出一个招牌式的甜美微笑。

看到这个笑容，毛康不再询问了。他和阿花来到饭桌旁坐下，安静地吃了起来。还别说，阿花做的菜很不错，毛康很喜欢，吃了很多，一口饺子，一口辣白菜地吃得很香。

节气里，在这异乡，两个孤独的灵魂相互慰藉着。

吃完饭，毛康想送阿花回去。

“我的身体难受，我无法控制，你不要赶我走，我没地方去，我不想回家。”阿花没有履行“吃完饭就走”的承诺，她不想离开，不想回到一个人的家，那里没有毛康。

“毛康，你放心好了，如果你恋爱了，我就消失，要不然，你结婚了，我就做你的‘小三’。”阿花说这些话的时候，有些哀求，她不是要放低自己，她知道她是看不到毛康结婚的，她的时日无多了，她只想要现在。

“你放心，五年内我都不会谈恋爱。我今天太累了。那休息一会儿，我送你回家。”毛康心里太清楚了，阿花如果能够再活五年，那简直比登天还难，因为她的癌细胞已经扩散了，几乎整个身体都要被癌细胞侵蚀了。

他俩就这么静静坐着，相互注视着。毛康很挣扎，理性和感性在他的脑海中相互碰撞着。望着对面那双湿润的眼睛，他最终还是忍不下心赶她走，他选择就这么默默地什么也不做。

突然，坐在对面的阿花身子一软，瘫倒在地，脸上露出了痛苦的表情，呻吟声越来越大，毛康大吃一惊。他知道，阿花的病恶化了。他不想再挣扎什么了，此刻的他只想抱起阿花，快速去医院。

毛康抱着阿花飞快地跑着，好在他的新家离他就职的医院不算太远。奔跑中，阿花一边忍受着胃部传来的疼痛，一边又很开心地环住毛康的脖颈，她很想就这样一直被他抱着跑下去。

看着阿花的病检报告，毛康的眼睛有些湿润，阿花的癌细胞已经扩散到多处内脏了，还伴有肠胃穿孔、发炎，就连排泄也不能自理了，以后只能靠外挂排泄袋帮助排泄。此刻的他才知道，阿花是顶着多大的病痛，帮他做的那顿晚饭。而他的回应却有些伤人，他再也不去想那些准则了，他的良心告诉他，他要陪着阿花走完最后一程。毛康想起了上次阿花说要一起去看的那部电影，他决定将电影下载下来，陪她一起看，陪同她一起去感受那故事里的情节。

这回阿花是真正“住”进了医院，想要离开只有去天堂的那天吧。她已经感觉到了自己的倒计时。大量的药物使她总是昏昏沉沉地睡不醒，每天她偶尔会醒来两次，每醒一次就看那部电影，她想要一个人去感受那个女孩的坚强，尽管最后她兴许也会那样离开。而毛康每次只要不忙，都会来病房陪着阿花。两个人也会一起看电影。

“阿花，你不是要写小说吗？如果你想写，就写吧，我支持你。”毛康之前是反对的，因为那样很费神，对阿花的休息很不好。但是现在他不想坚持了，什么好，什么不好，已经不再重要。

“不了，我不写了，我在昏睡期间，在那个梦里，已经度过了我的另一个人生，你知道吗？那天你来找我的时候，我一直叫你走，是因为我的床边有好多的小鬼，那时候如果你再不走，他们会伤害你，我不想他们伤害你，我不想。”阿花说完，又没了精神，慢慢地闭上眼，昏睡了过去。毛康知道吃了那么多止疼的药，一定会产生幻觉。但是不吃又不行，阿花已经忍受不了病痛的折磨了。看着病床上已经瘦弱不堪的阿花，毛康已经无法想象出以前的她是什么样子了，他有些泪涌，悄悄地走出了病房。

他缓慢地走向了吸烟室，找同事要了人生中的第一支烟，呛得很难受，一口气吸到了肺里，咳得整个人坐在了地上，他显得那么无助。

阿花一直想出去旅行，她想养猫，想给毛康设计以后的新房，想给毛康买衣服，给父母买，给哥哥买。她还想看看外面的世界，坐坐车，散散步，看看星星。

“那一天”越来越近了。毛康请了一个长假，他想带她去旅行，他不想看着她在病床上孤独地离开。他打算带她去九寨沟，那是阿花想去却一直没空去的地方。

出发那天，天公作美，而阿花也感觉到了什么。这天，她精神特别好，居然还能下床自己走动。毛康带着她坐上了去九寨沟的长途车。

一路上他俩有说有笑，毛康说要让她活到三十岁，阿花笑着回答："好啊。"可是他俩都知道，这只是一个白日的美梦，永远不会到来。

也许是淡季的关系，车上人不多。阿花坐在靠窗的一边，眼睛一直没有离开窗外的景色。阿花说，她要记住这一段人间的风景，因为此时此刻有毛康陪在她身边，而他们正去往她一直想去的地方。

阿花想起贵州的老家了，想起了村里一群人在跳舞、在唱歌，那歌声唱响了一座又一座的山峦，她热爱那个她出生的地方。她想起了韩军，想起了苏雪和她的乔巴……

还有一个小时就要到达目的地了，可是阿花却有些累了。她依偎在毛康的怀里，喃喃自语："清风携着白云在湛蓝的天空漂浮，山郁郁葱葱，水清清澈澈，美得惊艳。毛康，我还看到了，你牵着我的手，我们漫步在繁星与银河间。毛康，谢谢你陪我到最后，我要走了。我喜欢你。"

渐渐地呢喃消失了，阿花就这样睡着了，嘴角微微地上扬，给这世间留下了最后一个微笑。

毛康把帽子拉得很低，遮住了大半张脸，因为此时的他泪如雨下，他有些后悔没有早一点儿坦白自己的心。

没有人知道在这趟车里，一个女人走完了她的旅程。一个不到三十岁的女人，在自己爱人的怀里幸福地离开了。

第二年立冬，一个身影来到了贵州，这里是一个叫阿花的姑娘的家乡。

一座还很新的墓前，摆放着很多鲜花，有百合花、向日葵花，还有一大簇小黄菊。还有一股青草的味道,像阿花身上散发出来的。毛康蹲坐在墓前,伸手轻轻地抚摸着墓碑上的照片,照片里是一张灿烂的笑脸。

毛康掏出手机,点开了一个文档,温柔地对着那张笑脸说:“阿花,我又来看你了。我一直很想念你。我现在不会那么忙了,我得留点儿时间来想你。”

毛康有些蹲累了,干脆盘腿坐了起来,继续说:“我也开始写东西了,我想记录下和你有关的一切。你知道吗?你的出现改变了我,我想把这些读给你听。可能写得不是很好,你不许笑啊。”

你像一颗水晶,
纯洁无瑕。
你像一缕阳光,
温暖人心。
你是天生的开心果,
给身边的人,
带来欢声笑语。
你是良师和益友,
让冷却的心,
渐渐有了温情。
愿天堂的你,
走得安静从容。
愿今生为你分忧,
愿来世还能再见。
我也喜欢你。

第三季

一个被道德绑架的女人

今天山上又停水停电了，要到晚上才会来。

苏雪只好点了外卖。很快外卖送来了。今天来送的是个小伙子，看着他远去的背影，苏雪有一阵惆怅。但是她很快又振作了起来，因为所有美好的记忆都烙印在她的脑海中，记录在她的字里行间。

吃完午饭，下午依旧放晴，苏雪伸了一个懒腰，走进院子，沏了一壶热茶，加了几块新炭后继续晒着太阳，看起了上午看了一半的书。此刻的她，安静得就像融进了这阳光、这院子、这一片天地中。

越来越平凡的生活成了苏雪现在的全部，她活成了自己喜欢的样子，惹来了许许多多的人羡慕。她不骄傲，因为她知道，任何一个人都可以做到，仅仅是取舍而已。她不爱慕那些繁华，她喜欢泥土的芬芳，还有夜里的狗叫和山间的宁静，放一张唱片，拉着陈冉的手，两个人踩着步子，转着、笑着。早晨，一朵盛开的月季花，会让她笑得很开心，这是陈冉为她种的，这里的一切都是他们的，他们用心浇灌着，去遇见那些他们喜欢的人。

"叮铃——叮铃——"一阵清脆的风铃声，把苏雪从她沉浸的世界中拉了回来。

门口站着一个女人，一手拎着果篮，一手牵着一个三岁左右的小男孩。

苏雪迅速地合上了书，欢快地把他们迎进了屋。女人说她嘴馋了，想喝苏雪调的酒。苏雪很快给小男孩倒了杯热牛奶，就去吧台给女人调起酒来。今天她要调的是一杯酒味很淡、颜色亮丽、先苦后甘的酒。

这是她特地给女人调的，因为这酒就像女人的故事一样。

女人名叫李爽，她的故事一开始也是同大多数人一样，有平凡的家庭、简单的生活，直到那一年的那一天，她的人生彻底改变了。

那一天，十五岁的李爽像平日一样，放学回家，放下书包，去爸妈的房间打个招呼，喊一声："爸妈，我回来了。"然而那天，等她打开门的时候，却看见父亲赤裸着上半身躺在被窝里，他的怀里抱着一个与自己年龄相仿的女孩。女孩看到房门突然被推开，吓得缩进了被窝。

那时的李爽并不知道她的父亲和那个女孩发生了什么，但是她知道，能躺在父亲身边的只能是自己的母亲。看着女孩往上扯的被子，李爽不禁想起那条被子是妈妈的嫁妆，上面的牡丹花经过常年多次的洗涤，虽然色彩有些褪去，但依然很整洁。以前每次母亲洗干净之后，新换上这被套的时候，李爽就会嗅到阳光的味道，还有那股清香。

"女儿啊，你先出去一下。"父亲轻声地说道，并没有因被女儿抓了现场而感到愧疚。

"爸，你怎么可以让别的女人躺在我妈的被子里！你让她滚！"李爽很愤怒，她愤怒的是父亲竟然趁着母亲不在而和别的女人睡在一起，而且还如此年轻。她更忍受不了的是，那个女人竟然还盖着她最喜欢的那床被子。她想冲上去，扒开被子，把那个坏女人给揪出来，踢出家门。

"李爽！你就这样和你爸爸说话吗？你给我出去！"

从来没有吼过她的父亲，今天竟然为了一个外人吼自己。李爽流下了眼泪，拳头攥得紧紧地，指甲掐进了肉里，很深很深。

李爽怒视着令她感觉陌生的父亲和那个还在被子里装可怜的女人，不再说一句话，转身就走了。"砰"的一声，门被她非常用力地关上了，留下了感觉失去威信的父亲和那个现在偷偷露出脑袋的女人。她要去找自己的母亲。

李爽独自来到了姥姥家，看到了正在照顾姥姥的母亲。她没敢把刚才看到的事情告诉母亲，她知道母亲有权利知道这件事，可她害怕。她害怕母亲为此和父亲大发雷霆，闹得家里没有安宁，她不想要那样的结果。

当晚李爽和母亲回家了，父亲一个人坐在沙发上，母亲有些累了，先回屋休息。留下父女俩，一个在沙发上看电视，一个则回自己的房间做作业。父女俩自此不再对话了，也许是默契，谁也没再提那事儿。但李爽知道，她和父亲想的是不一样的，虽然结果是一样的。

这世上没有永远的秘密。父亲原本是某事业单位管人事的领导，那个女人想通过性贿赂父亲以求得一个晋升的机会。可她不但没有得到想要的工作，连原本的职位也没了。于是她上父亲的办公室去闹了，闹得很大。结果全单位都知道了，不仅是父亲的单位，连李爽班级的同学、她母亲的单位上也都知道了。父亲因此被革职，连退休金也没了。

母亲要离婚，态度坚定。李爽以为母亲应该歇斯底里地发泄一顿，然后数落父亲诸多不是，让父亲羞愧地提出离婚。母亲的冷静和果断，让李爽有了一丝担忧，总觉得哪里不对。也许，成年人结束一段关系的方式，并不是争吵和崩溃，而是一种默不作声的梳理。

很快，判决下来了，李爽跟了母亲，房子留给李爽，父亲净身出户去了其他地方，原本看起来幸福的家庭一拍两散。小县城里关于父亲的事被传得沸沸扬扬，每次李爽被人指指点点，她总是感到耻辱，低下头快步地跑回家，把自己关在房间里。在学校中，原本性格开朗的李爽，也开始变得沉默了，她想去一个没有人认识自己的地方。

母亲也辞去了工作，流言让她已经待不下去了，拿出点儿积蓄在家附近开了个小卖部。而李爽也换了所学校，但她知道这样还是自欺欺人，因为她和母亲没有能力换掉自己的住所，那个他们已经生活了很久的“家”。

然而厄运并没有结束，李爽担忧的事也渐渐浮出水面。母亲自打离婚后就开始打扮起来，整天守在小卖部里，拿着小镜子不停地照自己。去母亲的小卖部买烟的男人渐渐多了起来，有的还总是用怪异的眼神看着她。有一次，李爽看见母亲和一个她不认识的男人挨得很近，她看到母亲脸上露出了许久不见的灿烂笑容。

李爽很生气，她有一种无力感，感觉自己又被抛弃了，她讨厌自己的母亲在别的男人面前摆出那副讨好的模样，也很厌恶那些男人淫邪的目光。

有天清晨，母亲对准备上学的李爽说：“今晚在家吃饭，早点儿回来。”原本来到新的学校，稍微变好的心情荡然无存。李爽从上学路上就开始害怕，一种不好的思绪涌进脑海，她一整天都没认真听讲，直到放学铃声响起，才回过神来。“要回家了”，李爽慢吞吞地收拾起书包，一小步一小步地走出学校，她不想回家。她知道母亲今天在家吃饭的用意。那个母亲让她叫叔叔的男人今天会来，她已经见过很多次了，她讨厌那个男人。不仅是因为他要和母亲住在一起了，最关键的是那个男人总喜欢用烟雾喷她。

李爽一边想着怎么说服母亲不让那个男人住进来，一边用很慢很慢的步子走着。可是再慢的步子，也总会有到家的时候。站在家门口踌躇了很久，最终还是开门进去了。

厨房里不只有母亲一个人，那个男人果然也在。他俩有说有笑的，就像一对“恩爱”的“老夫老妻”。这个画面让李爽感到恶心。

“回来了，叫叔叔。”母亲淡淡地用命令的口吻对李爽说道。她自始至终也没看李爽一眼，依旧和那个男人肩并肩地做着菜。而那男人却回过头，给了李爽一个他自认为很和善的微笑，可在李爽眼里却让她恶心地起了一身鸡皮疙瘩。

这顿饭李爽吃得很压抑，从头到尾李爽都没有再说话，没吃几口就回自己房间里了。

从此整个家里弥漫着一种奇怪的氛围，李爽不爱说话了，总是一个人待在自己的房间中。而家里唯一的欢声笑语，则是从母亲屋里传出的“咯咯咯”的笑声和男人的情话。

这样的日子，李爽忍受了两年。直到她十七岁，上高二那年，李爽才开始有了微笑。因为她知道自己就快要解脱了，再过一年，等她考上大学，就能离开这个她讨厌的地方。到时，她也有能力独立生活了，大不了一边读大学，一边做兼职。她相信自己可以的。

那天学校开了运动会，李爽参加了跑步比赛。因为过完暑假她就升高三了，从暑假开始再努力一年，她的梦想就能实现了。所以今天的运动会她要参加，她想让自己在暑假前放松一下。

李爽跑得很痛快，汗水湿透了衬衣和罩在外面的运动衣。一身的酸臭味让她难受。一回到家，李爽就拿了换洗的衣服冲进了卫生间，脱掉了身上的衣服，冲淋浴去了。

没一会儿，她洗完澡，穿好衣服，回房间做作业。

这时候，她听到了钥匙扭动的声音，那个男人回来了。男人没有像往常一样下厨做饭，他轻手轻脚地走进了李爽的房间。这么多年来，这还是第一次。

男人身上似乎带着酒气，他走到李爽身边，俯下身，嗅了嗅李爽的头发。

“洗过澡了啊，真香。”

男人突如其来的举动吓了李爽一跳，她迅速逃到了一边，嫌弃地抚了抚头上被男人哈过气的地方。

“你要干吗？”李爽很警惕地怒视男人，顺便抓起了桌上的笔挡在身前，想要防身。

“走，陪叔叔睡觉去。”男人贪婪地深吸了一口气，仿佛还在回味刚才嗅到的清香。

听到男人竟然提出这样的要求，李爽感觉自己的世界要崩塌了。怎么可以这样，自己的父亲那样，想不到眼前的这个男人也是一样的禽兽。如今她已经知道“和男人睡觉”是什么意思了。所以她至今都没去见自己的父亲，因为她觉得自己的父亲做了一件很肮脏的事。

“神经病啊！你滚！我妈就要回来了，你给我滚！”李爽歇斯底里地吼了起来，她感到恶心，眼泪滑出了双颊。她期望自己的母亲快些回来，回来看看这个无耻的禽兽居然对自己的女儿提出了如此肮脏的要求。她要让母亲把这个男人彻底赶出去。

李爽已经被逼到床沿边了，再退就要重心不稳倒下去。看到男人向自己扑来，李爽吓得下意识地把手中的笔向前刺了出去。

只听“哎哟”一声，男人的手被笔尖给刺破了，流出血来。而李爽也趁男人把手缩回去的空当，使出全力蹿了出去。男人似乎被这一刺，弄得酒也醒了，没有追出去。

李爽一边抹眼泪一边在街上跑着，没有在意路人们异样的眼神，她害怕那个恶魔追出来。她不停地跑着，跑了很远，直到跑不动了才停下。她蜷缩在一条无人的小巷里，哭得十分委屈。她想给母亲打电话控诉男人的恶行，但是她也害怕像男人说的那样，就算她母亲知道了也不会让男人离开，她记得自男人住进来后，母亲已经很久都不再听她说话，不再相信她的话。

最终李爽还是去找了父亲，她实在无法相信任何人了。去找父亲也只是因为她想着，即使再怎么样，他还是自己的亲生父亲，应该会帮自己的吧。她是抱着最后的一丝信任去的。还好父亲这次没有让她失望，得知经过后，十分愤怒，带着她就去派出所报了案。

结果却让李爽再次对一切都失去了信任，对生活失去了希望。男人和母亲都来了派出所，警察给出的理由是男人最终没有实施犯罪行为，以家庭纠纷处理了。只是让男人向李爽道了个歉就完事了。父亲很愤怒，还想再争取一下，但是派出所依旧维持原来的处理。父亲也无奈了。

在派出所门口，父亲就抓起男人的领子，要揍男人。而母亲却做了一个让李爽不可置信的举动。母亲竟然帮那个男人，去拉父亲的手。父亲气急败坏地放开了男人，一拳打到了母亲身上，大骂道："女儿被人欺负了，你不出头，竟然还帮别人对付我。"

然而就在这个时候，母亲爬了起来，给了李爽一个耳光。鲜红的指印深深地烙印在李爽的脸颊上，也烙印进了李爽的心里。李爽彻底失望了，原本以为，以前都是因为父亲的错误才会让这个家破碎，如今她才明白，父亲虽然犯了错，可他心里还是有自己的，而这个和她天天生活在一起的母亲，此刻让她感觉如此陌生和害怕，一切与母亲的记忆都是虚假的，都是骗人的。

"你这个不要脸的小贱货，你居然勾引你叔叔。勾引不成，还去你爹那里反咬一口。我辛辛苦苦把你养这么大，你就这么对你老娘的？外面那么多野男人不去勾，竟然打起家里人的主意了！"母亲开始歇斯底里地吼起来。

李爽的父亲也没想到，这个泼妇会说出这样的话，好歹李爽也是她的亲生女儿，她竟然为了其他男人，如此诋毁自己的骨肉。

“你们姓李的没一个好东西，一个勾引男人，一个找小姐，有其父必有其女！”李爽的母亲越骂越来劲儿了，开始连李爽的父亲也数落起来。

这下父亲可是真的怒了，反咬女儿一口不算，还要把陈年老账也翻出来。他吼了一句“国骂”，就和母亲扭打起来。平日里看起来温和的母亲这回也毫不示弱，凶狠地还击着。

而那个事件起因的当事人，却在一旁抽起烟来，当起了看客。四周渐渐围上了一群爱看热闹的闲人。有说有笑，还指指点点的，就像在看现场直播的家庭伦理剧，好不惬意，丝毫没有顾忌到旁边还有一个受害者，一个柔弱无助的小女孩。此刻的她似乎放弃了一切，失去了灵魂。她不去理会那边扭打着的父母，也不去幽怨地怒视那个罪魁祸首，更加不介意周围看客的指指点点和嘲笑声。她只是默默地离开了，离这一切越远越好。

李爽从没想到，一个原本幸福的家庭，竟会一步步地走到如此糟糕的境地。她感觉整个世界都在为难她、抛弃她，即使她无数次地鼓起勇气，努力实现自己的梦想，却都是做了无用功。

李爽再没有联系过自己的父母，也没有回到那个不知道还能否称为“家”的地方。她去了一个以前认的、已经独立生活的姐姐的家里。她辍学了，跟着姐姐去夜店、喝酒、抽烟。她堕落了，被自己的亲人硬生生地折断了可以让她翱翔天际的翅膀。

酒吧里的灯光很昏暗，音乐吵闹，各种气味掺杂，还有那无处不在的荷尔蒙。一个戴着墨镜的小伙一直在盯着李爽，看起来有几分神秘，同时也有那么几分帅气。两个人在酒吧没有任何交集，李爽依旧是单纯为了买醉，她一个劲儿地喝酒，时不时看那个小伙一眼。小伙就坐在她的对面，好像跟她姐姐很熟悉的样子。

不一会儿，姐姐带着小伙坐到了李爽旁边，并介绍道："这位帅哥叫李好，刚从西藏回来。这是我妹妹，李爽。哈哈，你们两个都姓李，不会是亲戚吧。"姐姐介绍完，还调侃了他们一下。

李爽对李好印象很深，不仅是因为李好很帅气，还因为她很好奇——这么暗的地方戴着墨镜能看见吗？

深夜，一群人没有闹够，又去吃夜宵了。没有家的李爽早已喜欢上了不分白天黑夜的生活，她觉得现在的自己才是真实的自己，可以喝很多酒，和一群不认识的人扭动着身体，听着粗犷的音乐。

吃夜宵时，李爽和李好没有聊太多，只是简单地喝了几杯，相互留了一个电话号码，就此匆匆告别。李爽觉得李好不爱多说话，就像一个冷血的杀手。

他们再次见面是在第二天晚上。李爽特地去的，因为她很生气。

在老位子上，李爽看到了一个人喝酒的李好。她气冲冲地跑过去，一拍桌子道："李好！你是真的'好'啊。老娘终于知道你为啥戴墨镜了，你看看，都被你传染了！"说完，李爽还指了指自己的眼睛，只见双眼红得可怕，像只兔子。

第一次听到李爽爆粗口的李好，嘴巴微张，略有吃惊。不一会儿，他把架在鼻子上的墨镜往下拨了拨，露出一双也是红彤彤的眼睛，看着一手指着自己的眼睛一边生气地嘟起了可爱小嘴的李爽，展现出一个迷人的微笑说道："这个送给你。"

"为什么要送我东西？"李爽质问着，却下意识地接过了李好递过来的一个很精致的小盒子。

"不为什么，我请你喝酒。"李好没有等李爽回答，就又要了一打啤酒。

李爽也没在意李好自顾自地叫酒，而是开始打量起手里的盒子。

打开一看，里面竟然是一副女款墨镜。她一下子明白了李好的用意。

“墨镜？你知道我会来问罪？”李爽一边戴起了墨镜，一边依旧好奇地问道。她好奇的是，李好怎么那么肯定自己会来找他问罪，并准备好了礼物。

李好并没有回答她，而是又从自己的裤袋里掏出一个盒子。这下李爽明白了，心想：“好啊，这小子好圆滑啊，昨天就我、姐姐还有他三个人吃了夜宵。他这是做了两手准备啊。”

李爽气极反笑，没好气地拿起新上来的酒喝了起来。她不怎么生气了，反而对李好越来越感兴趣。

两人喝了很久，渐渐地李爽的手背上有了另一只手。这是她第一次和一个她不讨厌的男生的亲密接触。她很紧张，心跳得厉害。

“李爽，我给你变个魔术。你看好，大拇指和食指像一把枪是吧？看着，嘿，合在一起了。”李好的情话很特别，那个也不是什么魔术，只是在李爽的面前比了一个心形。

这样有些笨拙的示爱，对情窦初开的李爽极具杀伤力，她的心被李好俘虏了。她的眼里冒出了星星，假装喝醉了，借机靠在了李好的怀里。从酒吧一直靠着李好来到一家小宾馆，开了间双人房。李爽知道接下来要发生什么。虽然此时此刻并没有她想象中的浪漫氛围，但一切都刚刚好，微醺，情迷，两个偷尝禁果的男女。

李爽又搬家了，这次她搬进了李好的住处，她已经离不开他了。李爽很想要一个属于自己的家，于是她开始学做饭、洗衣服、做家务，像一个真正的妻子一样，而且要做到更好。

然而现实不是过家家酒，柴米油盐不会从天上掉下来，只出不进是过不了日子的。于是李爽也得去工作了，可没有学历、没有经验的她，只能别无选择地去酒吧做起了陪酒。而此时，李好却吃起了“软饭”。

李爽没有抱怨，她心甘情愿。她是真的喜欢李好，而一旦她认定了那就是一辈子。

第二次怀孕的时候，李爽决定将孩子生下来。因为她爱李好，爱到要为他生一个孩子，这是他们相爱的结晶。这一年她二十岁了，两个人顺理成章地结了婚，住进了李好的家，和他的父母一起生活。

原本李爽以为日子就这样一天天地过下去，简单而又平凡，只要有李好陪在身边。

随着孩子一天天长大，家里的开销越来越多，李好只好去了外地工作。刚开始时他每个月会回来一次，之后是半年，再后来一年才回来一次。

李爽和李好见面的次数越来越少。一开始她会跑去外地找他，几天之后又会因为太想念孩子，着急回家。渐渐地，他们之间好像越来越远。她也因为生了孩子而身材发胖，以前前凸后翘的身材早已被揉成了一堆。

李爽是在孩子两岁多的时候认识苏雪的，当时她过得很颓废，晚上她喝完了苏雪调制的所有鸡尾酒，然后醉了。她又开始买醉了。

压抑得越久，爆发越恐怖，李爽不想这样。她需要有一个人听听她的故事，她需要一个宣泄口，这个人就是苏雪，只有苏雪懂她，她喜欢听苏雪说各种话。

当苏雪问起关于她母亲的事情时，李爽淡淡地说："我以前很恨她，后来自己有了孩子，心思全在孩子身上，也不再去理会过去的一切。偶尔会想到她毕竟给了我生命，但原谅是不可能的，这辈子都不可能。"

在谈到李好的时候，李爽的语气已经不再是从前那种一切都围着李好转的感觉，因为李好的感情背叛是她接受不了的。更无耻的是，当她质问李好的时候，他竟然承认了，还说了很伤人的话："我都是玩玩的，你要是介意的话，想离就离吧。不过孩子得给我爸妈带，他是我李家的种。"

李爽什么都能没有，就是不能失去孩子，为了她的孩子，她只能忍受下来。

苏雪有些听不下去了，她绝不容许她的感情也遭受背叛。而坐在吧台的陈冉立马发誓道："此生至死不渝。"苏雪感觉自己是幸福的，又多希望坐在她旁边的李爽亦是如此。

李爽哭了，苏雪有些心疼。"离婚吧！为你自己活一次。"苏雪由衷地说了一句，起身走向了露台。

李爽走了，没有和苏雪道别。自那以后很久很久，她都没再去苏雪那里，只是偶尔发发短信慰问一下。

苏雪觉得自己的劝说并没有错，如果让李爽不开心了，那只能说李爽太脆弱了，或者她被道德束缚得无法自拔。那些为了孩子，为了一个完整的家，为这为那的理由，都是别人套给自己的枷锁。人生一世，苦且短，不为苍生，愿为己。

苏雪也一直惦记着李爽，她在等一个答案，这一等就是好久。

陈冉给这两个女人做了一桌子菜，并带着孩子去楼上玩了。留下两个女人好好地聊聊天，她们已经很久没见了。

苏雪和李爽聊了很多，一开始由于许久没见，有些隔阂，但是一杯酒下肚，她俩就放开了。

李爽告诉苏雪她的决定，答案苏雪之前就隐隐猜到了。

但让苏雪比较惊喜的是，李爽在告诉苏雪她的决定的时候，神情十分坚定，没有妥协，没有无奈。

苏雪很好奇地问道："是什么原因？"

"妈妈，妈妈。"就在李爽要告诉苏雪答案的时候，一声清脆而稚嫩的呼唤从楼梯上传来。

"妈妈，我们今天要住在这里吗？这儿有好多房间啊。"

李爽对着苏雪笑了笑，答案已经呼之欲出了。她起身走向了孩子，把他抱了起来。

“我家宝贝儿最乖了，来，亲亲妈妈。今天我们不住在这里，我们回家看动画片好不好？来和叔叔阿姨说再见。”李爽抱着孩子向苏雪和陈冉挥了挥手，一边哄着孩子，一边走下了山。

陈冉搂着苏雪，看着李爽远去的背影。苏雪似乎明白了，虽然有道德的约束，但是她依旧可以负重前行。可能这就是“女本柔弱，为母则刚”吧。

鸭血粉

第四季

跳芭蕾舞的女人

冬日山城的早晨，大雾弥漫，太阳也被满天的雾气遮得严严实实，天地间一片混沌。这样的天去跑步，感觉就像进入了仙家福地，仙气氤氲。唯一让人有点儿困扰的就是得打起精神，因为“仙气”太过稠密，能见度有限，一个不注意就可能和对面来的“仙人”撞个满怀。

菜地里的作物们，被雾气打湿，显得颜色格外鲜艳，果实和菜叶上都挂着一颗颗晶莹的水珠儿，让人特别有食欲，恨不得马上采摘下来品尝。苏雪最喜欢在这样的天气里下地采摘，因为空气里还会带着淡淡的被露水洗去了尘埃的清香。

陈冉跑步回来，一身臭汗，头发也被雾气染湿了。苏雪一边做着早餐，一边让陈冉快去冲个凉。她要和陈冉一起吃早餐。两个人吃，才能享受食物带来的愉悦。

乔巴趴在屋子门口，它讨厌大雾天，不喜欢浑身湿漉漉的感觉，雾气还会让它的鼻子总是湿嗒嗒的，所以它今天没有陪陈冉出去跑步，就静静趴在门口等着苏雪做好早餐。一阵食物的香气让它精神一振，立马起身，摇着尾巴来到苏雪身边。

早餐很丰盛，有烤面包、煮蛋、牛奶、生菜、煎培根、牛肉饼等，放了满满一桌子。陈冉也冲好澡，换了身干净衣服，坐到餐桌旁。苏雪把乔巴的那份放在地上，两人一狗就这样静静地围坐在餐桌旁开始享用早餐。

然而他们也是普通人，再美好的开始，总会回归平淡的日子。他们再包容也会保留着自己的个性、习惯和态度。他俩不可避免地也会遇到任何情侣都会遇到的矛盾。时间久了，大家都会慢慢把本性展露出来。这是一种考验，也许真正的爱情，就是接受对方的缺点吧。

早餐后，他们为了谁换被子、谁去打扫卫生等一些琐事吵了起来。陈冉不喜欢换被套，不喜欢拖地，只喜欢倒垃圾，或者拿个扫把舞弄一下，代表他也在做事，性子特别慢。苏雪那个雷厉风行的性格怎么能受得了。

苏雪不愿意吵架，她很珍惜和陈冉在一起的时光。但她又是一个做事很认真的人，多年的习惯使她更多地成了一个指挥者，把一切都安排得合自己的心意。

她不是非要陈冉做，只是她一个人也做不完所有的事。

苏雪很伤心，眼泪不停地在眼眶里打转，她为了属于她和陈冉的“幽灵古堡”付出了很多，她不理解当初那个愿意为她做任何事的陈冉哪儿去了。她停止了争吵，赌气跑去露台抽起了烟。陈冉也生着闷气，坐在卧室的床沿上发呆。

这是一种考验，也是一种成长。任何人都得经历这些而成长起来。

冷战并没有持续很久，陈冉主动向苏雪承认了错误。他们相互检讨了一下，其实起因都是一些小事，只要找到合适的方法都能解决。

于是他们一起打扫了院子，一起收拾了房间，一起拖了地，一起为花浇水，一起洗被褥，什么都一起做。虽然很累，但是他俩又和好如初了，房间里弥漫着芳香。

他俩忙碌了两个多小时，布置了些鲜花，准备了水果。因为下午有一位特殊的客人要来。苏雪很期待这样一场相遇，因为这位客人是在丽江买过她的书，慕名而来的。

做完一切准备工作后，雾散了，太阳出来了，陈冉去补觉，苏雪便坐在露台上看起了天上的云。偶尔会看到一架飞机飞过，还能听到轰轰的声音。很快，她打起了盹，小憩了起来，直到听到一阵喇叭声才醒。

苏雪看了看手机上的时间，应该是客人来了。放眼看去，就看见院子门口来了一辆车，车上下来了一个女人。女人看起来有四十岁左右，齐肩短发，穿得很宽松，脖子上挂了一串珠子，是那种被炒得火热的菩提珠子。

苏雪很快下了楼，亲切地打了个招呼，并帮她打开后备厢拿行李。里面搁着一个她见过的最大的行李箱，后排座上还有一个。女人看着苏雪，牵强地挤出了个笑，但转瞬之间她一把抱住了苏雪，眼泪哗啦啦地流了下来。苏雪正拎着两个行李箱，被女人抱得有点儿手足无措。她有些无助，不知道是应该先安慰女人，还是先把行李拿进去。就在这时，乔巴跑了过来，尾巴甩得像在跳舞，高兴地围着苏雪和女人转。每次有房客来的时候，它都跟着迎接，人人都会喜欢上它。女人被它吸引了，放开了苏雪，俯下身逗弄起乔巴来。苏雪也得以解放，正好陈冉也睡醒下了楼，他飞快地接过了行李，放置到已经安排好的客房中。

女人和苏雪一起进了屋，苏雪给她倒了杯热水，一起坐在吧台旁，聊了起来。

“我叫苏菲，辽宁的。我可能要在这里住很久，先转一些钱给你，你们这里有红酒吗？晚上我要喝。”女人自我介绍了起来，说话的声音有典型的北方口音，普通话听起来很有味儿。

苏菲的双眼特别臃肿，想必这一路她都泡在眼泪里。

窗外的叶子好多都变黄了，有阳光，也有风，苏菲平息了许多。

苏雪在等，想要听她的故事，索性点燃了一支烟，问了问苏菲，她不需要。

“我老公有外遇了。”这是苏雪听到的最直接的一句话，是这个原因才让她想要逃到另一座城市。话题一打开，苏菲就滔滔不绝地讲述了起来。

苏菲曾是舞台上耀眼的舞者，后来还成了某个明星的伴舞，轻盈的舞姿像一只正在嬉戏的白天鹅，纤细的手轻轻抬起，在空中划过一道最美的弧线，抬起下颚，转圈，是那么高贵典雅。

若不是那天在舞台上被活生生地扔了出去，她的一生一定是在舞台上度过的。

那天，舞台上的她如同往常一样，随着音乐，她的心遨游在无垠的天空，自由地徜徉，像是在飞翔，又像是在步行，手眼身法都应着旋律。她曼妙绝伦的舞姿在流动的音乐里荡漾着，优雅、自信，所有观众都沉醉于此时。

先是“咚”的一声扰乱了音乐，接着所有人都站了起来，清晰地听见了疼痛的呻吟声。音乐停止，灯光暗了下来，苏菲从舞伴的手中滑落了。“腰肌损伤”，这是医生最后的通告，她只能告别这个她热爱的职业。

躺在病床上的苏菲捧着自己心爱的舞鞋时常发呆。她那相爱的恋人也为之落下了眼泪，他太清楚自己女朋友对舞蹈的热爱，他不敢挪开脚步，生怕苏菲会做出什么傻事。

苏菲一定是个坚强的女人，否则她怎会一滴眼泪都没有留下，她知道自己要与这个舞台告别了，她也应该给支持她多年的男友一个交代，她要结婚了，从此做一个贤妻良母。

在一个冬天，她穿上了婚纱，婚礼的排场很大。苏菲的家境很好，男人家不如她。在她的心里，这个男人是值得托付的，哪怕没有了舞台上的那些掌声，她依旧感受到了万千宠爱。

婚后的她做起了全职太太，每天会起床给男人做早餐。男人正在创业期间，她做了那个背后的女人，操持着一个家。偶尔她会跳上一会儿，动作看起来不如以前，但也不缺乏那种灵动的美，那是由她内在散发出来的。

婚姻带给她的是快乐和舒适，平淡的，亦是她为之骄傲的。很快，男人的事业有了很好的发展，苏菲也顺利生了一个女儿，她教女儿跳舞，让她也爱上了芭蕾。

男人喜欢这个家，心爱的女人虽然不再有舞台上那么光艳亮丽，但她身上那股神秘而优雅的气质从未让他对其他女人有想法。他有一个如同苏菲一样可爱的女儿，两个女人已经让他觉得无比幸福，这是家的温暖，也是苏菲带来的。

不知道美好的婚姻有没有保质期，苏菲从来没有想过，她只知道自己现在很好。然而她的身体开始发胖了，以前的纤细变得越来越粗壮，她依旧坚持每天做早餐，哪怕家里这个时候已经有了保姆。

男人开始常常晚归，苏菲知道男人的不容易，每天都会等待，直到男人轻松地躺在床上时，她还会替他准备好次日要穿的衣物。

好多次，她产生了幻觉，感觉所有的脚步声都是自己男人回来的声响。她的桌上堆满了密密麻麻的护肤品，她需要靠这些来保持青春。然而她并不知道，再昂贵的化妆品都改变不了一个要偷腥的男人。

男人从刚开始的晚归，到后来的不归。作为一个女人，她敏感地意识到了什么，看着自己日渐变胖的身体，她开始讨厌、不喜欢这个自己。

两个人之间越来越沉默，回家后的男人不是在书房独处，就是一个人坐在沙发上看电视。偶尔会和七岁的女儿聊上几句，但是对于苏菲，男人都不爱看上一眼。男人渐渐客气起来，苏菲给她端去水果，他也不说别的，只说“谢谢”。然而只是放着，他不会去吃一口。

男人事业发展的速度就如同他现在对苏菲的感情冷淡一样，很快，很快。他成功地挤进了上层人士的圈子，豪车、豪宅，随处都是名牌。苏菲虽然也很享受，但这样的生活并不是她想要的。

在外人眼里，一个富家千金嫁了一个爱她多年的成功人士，“幸福”这个字眼是该属于她的。但“幸福”这个字眼现在对于她来说，变得多么遥不可及。

她开始变得有些抑郁，会发脾气，会一个人躲在被窝里哭。她多想回到当初那样——男人为了能每天见到她，大冬天的一个人站在楼顶看着对面舞室里翩翩起舞的苏菲。他不会眨一下眼睛，生怕错过了苏菲身上散发出来的美。他在屋顶为苏菲画画，他远远地注视着这个有些遥远的女神，他知道自己配不上她，但又无法克制让自己不上屋顶，无论天晴或下雨。他鼓起勇气，在苏菲的一次演出时，当着所有的观众告白。没有人当一回事，那时候的苏菲是几乎所有人的梦中情人，而他只不过是万千爱慕者中的一个。可苏菲却不那么认为，苏菲一直都知道屋顶有一个人在喜欢着她，她不在乎这个男人的贫穷与不起眼，她喜欢这个男人身上的坚持与勇敢。她站在门口到处寻找男人的身影，害怕男人就这么消失掉了。男人捧着一束鲜花站在她面前说：“你好，我是邵阳。”声音听起来有些钝，感觉在颤抖，不知道是天冷的原因，还是其他。那是他们第一次近距离接触的第一句话。苏菲笑了笑，主动拉起了邵阳的手，她的脸上绽放着一个女人春心撩动的情愫，略带了一些桃花的红，又带有玫瑰的娇艳。男人没有钱的时候，只能通过行动来表达爱。而一旦有了钱，可能爱的方式也就变了吧。

直到有一天，苏菲的朋友约她一起去做SPA，会所就在她曾经练舞的场地附近。她看到一个熟悉的身影坐在窗台前，目光一直注视着一个身材高挑、四肢纤细的女人，女人一头乌黑的长头发，二十几岁，身上有苏菲当年的影子。

女人与窗台下的那个男人在用眼神交流着什么，苏菲无意识地朝里面走去，女人停止了动作，所有人的目光聚集在了苏菲的身上，连同那个男人，女人知道苏菲是谁，这里摆放着苏菲曾经的荣誉。

男人很慢地起身准备走向苏菲，路过那个女人时，女人一把拽住了他的手，像当年苏菲拉住邵阳的手，只是这个女人的手没有苏菲那时候的温柔，这是一种很有力的阻挡。

一场争吵发生了，一群女人。

苏菲的朋友冲了过去，狠狠地给了那个女人一个巴掌，那些学员也开始攻击，整个场面看起来就像菜市场里的大妈们为了抢更新鲜的蔬菜。

只有苏菲，她呆呆地站在那里，邵阳走了，没有维护任何一个女人。

苏菲终于知道了一切。原来邵阳两年前已经在外面和那个女人厮混在了一起，他还给那个女人买了套房子。

夜晚总是那么安静，仿佛可以听到寂寞的心跳。苏菲一个人孤独地坐在家中的花园里，看着寂静的夜空，不知不觉泪流满面，她想起那本书，还有那个写书的女孩——苏雪。她想去苏雪所在的城市，找她。

听完了苏菲的故事，苏雪没有出声，她让陈冉拿出了很多红酒，让陈冉炒了好多小菜。因为苏雪知道，此刻的苏菲需要的是真正的宣泄，酒精是最好的催化剂，而她只要静静地陪着她。

晚上苏菲真的是放开了喝，一瓶接着一瓶，没有歇过，眼泪伴着酒精向胃里倾泻。苏雪陪着她，但她似乎忘了苏菲是个北方姑娘，没一会苏雪就趴在桌上醉了。不过苏菲也忘了，喝酒也得配合心情，情绪低落的时候酒精只会让痛苦的记忆加深，使自己越来越痛苦。

那个夜晚，两个女人都醉了。留给陈冉的只有苦笑，他成了一个苦力，费了老大劲儿才把两个女人送回各自的房间，还得打扫那满地的狼藉。陈冉感叹了一句："哎，一个男人犯的错，为什么要连累另一个男人啊。男人何苦为难男人。"于是一边哼着他改编的《女人何苦为难女人》，一边打扫起女人们宣泄后的战场。

要是喝醉就能解决问题，那该多好。那很多人都可以得到释放。然而事实上，喝醉了只会神志不清，呕吐到想死，还有第二天醒来时的头晕脑胀，甚至失去一小段记忆。

苏雪第二天大中午才起来，醒来的第一时间就跑去找苏菲。她敲了好久房门，都没开。当她正准备发信息过去时，苏菲打开了门，直接来了一句："苏雪，我想自杀。"

苏雪不敢相信自己的耳朵，她想到的应该是："哎哟，咱俩昨晚都喝大了。"

面对苏菲这突如其来的一句话，苏雪很是担忧，她要救苏菲。苏雪让苏菲陪着她做饭，带她去跑步，给她拍照。

苏菲说她自己老了、胖了、丑了、不爱拍照了。然而苏雪真的好喜欢这个女人，她身上散发出来的气质远比那些庸脂俗粉清澈透明。

苏雪想把自己的所有生活都分享给苏菲，她慢慢地陪着苏菲跑步，跑到山顶，大吼，让江对面的人都听到；会给她搭配衣服，尤其是那套灰色的套装，穿在苏菲的身上是那么恰到好处。苏菲的脖颈很长，很白，她坐在院子的石梯上，眼睛盯着远处，那是一个女人的思念，她想家了。就这样，她在这里已经度过了十一天。

苏菲的眼睛很美，双眼皮，眼珠像宝石，眼角没有上扬，因为她并不快乐，苏雪让她闭上眼睛，很享受此刻的样子，谁知道，苏菲的眼泪从美丽的眼睛里流了出来，她微微睁开了眼睛，那棕色的眸子里，仿佛诉说着莫大的痛苦与忧伤。

苏雪不想再看到苏菲这个样子，但她也不想放弃，她知道不是所有的人都可以像自己一样，不管发生任何事情，转瞬之间都会是晴天。她是个没心没肺的人，又或者她太清楚自己该用什么样的态度去对待这个世界。她顾忌不了太多人的感受，但她一定会直接面对自己，如果不开心，她会表现出来，不压抑自己，她要笑就要笑得忘乎所以，好像整个世界都与她无关一样。

苏雪除了每天让苏菲陪自己喝酒、打拳、跑步、做菜，她不知道还可以做些什么，兴许安静地陪着她就很好，哪怕两个人什么都不做，只是安静地听听音乐。

但今天，苏雪很忙，她要做一场关于“爱情”的音乐活动，她想让苏菲也参与进来，也许忙碌起来苏菲就不会多想了。

苏菲吹着气球，挂在树枝上，摆放着晚上要用的点心、水果，还要给每一个座位都绑上鲜花，在房间里布置上蜡烛、签名画板、照片、贴纸，使整个空间都温暖起来，充满欢喜。

现场来了很多人，挤得整个小窝都要爆炸了似的。因为参加活动的人都知道“幽灵古堡”里面住着一对情侣，人们对他们的浪漫爱情故事心生好奇。

苏雪还特意将苏菲介绍给了自己的乐队朋友，并拍了很多照片。

伴随着吉他弹唱，一些人开始了“群魔乱舞”，有人拿着酒瓶，有人在碰杯，各种声响让屋里热闹了起来。

苏菲安静地坐在那里，看着那些人，她看到了那些人的快乐，又仿佛听到了自己的悲伤。

苏雪没有空去管她，因为她要做直播，将这里的欢乐分享给那些不在现场的人。她念自己写的诗，用嘶哑的声音唱着莫文蔚的那首《爱情》。这样一个关于爱情的音乐活动，所有的情歌都紧扣着苏菲的心。就像有人说过的："只有音乐才能在你最困难的时候，为你遮风挡雨。"

在活动中，苏雪提议抽签，表演节目或者玩真心话大冒险，她可不想一个人占用这个舞台，更不想她那几个乐队朋友明天失声，找她要买药钱。

也许是苏雪的安排，也许只是一个巧合，签竟然落到了苏菲的手中。苏雪的直播没有停下，她将镜头对准了苏菲，附在苏菲耳边说了几句话，然后到控制台放了首音乐。

苏菲起身走向舞台的中央，所有人都很自觉地挪了位置，跳舞需要很大的空间。

苏菲深吸了一口气，踮起了脚尖，她的脚步还是那么轻缓，时而像太湖里推涌的波浪，时而又像卷在旋风里的树叶，春燕展翅，欢快、缓慢、优美、潇洒，苏菲仿佛又戴上了那精致的头冠。

所有人都目瞪口呆了起来："苏雪，你这是请的专业人士吗？"有人开始问起。苏雪笑了笑说："没花钱。"

"你要勇敢面对自己，你还是那个骄傲的自己，只有重新站在舞台上，你才能拾起丢掉的光环，可以去试试。"这是苏雪当时附在苏菲耳根处说的话。

苏菲礼貌地行礼，走向了最初自己坐的位置，看了看手机，一条短信传来："什么时候回来？我去接你，我刚刚看见你跳舞了。"原来邵阳早就关注了苏雪的直播，是通过苏菲的微信朋友圈发现的。

他看到了以前那个苏菲，那个让他着迷的女人，他责怪自己，这么多天，他没有给苏菲打过一个电话询问，就算公司有什么财务上的需要，他也只是让公司的人联系苏菲。

苏菲没有给邵阳回信，她在今天结交到了一个朋友，一个和她有着相同经历的女人，只是这个女人离婚了，后来回到了重庆。她们相约要去丽江。

这一晚是苏菲留在这里的最后一晚，喝酒的不仅有她和苏雪，还有那个女人。女人的世界其实很简单，有一个懂自己的人，此生无憾。

她们抱在一起哭，她们一起笑，她们一起坐上了去丽江的飞机。

走的时候，苏雪没有去送苏菲，不喜欢离别的苏雪向来都是这样，她知道要回来的人始终会回来，“你来是回家，你走是远行”，苏雪写在门上的字清晰可见。

苏菲走了。而苏雪知道，未来的某一天，她还会再看到苏菲，她没有期待，也没有伤感。因为，只有时间，才能让痛苦渐渐淡去。她希望，这里是苏菲的第二个家。

第五季

谁打翻了我们友谊的船

“幽灵古堡”里有一台很旧的留声机，苏雪托朋友从美国淘了很多的胶片，大部分是外文歌曲。苏雪听不懂，但偶尔也会邀请陈冉跳上几曲。看他们跳舞的人，欣赏的不是舞姿，更多的是看两个人搞笑的表情。

苏雪对自己喜欢做的事情可以不厌其烦，然而对她不愿意做的事情，总是不屑一顾。比如每次一张胶片放完，又要换另一面，她不会去换，而会马上播放电脑上的音乐，直到陈冉去给胶片换了面。

有些音乐她听了很多遍都不会腻，甚至会唱完整的一首曲子。她喜欢房间里一直有她喜欢的音乐，从早到晚，循环播放，中文的、英文的，音乐都是轻调。早晨的时候她时不时又会切换到收音机，听着电台播放的音乐和故事，拖地、洗杯子，她喜欢有仪式感地活着。

旧的东西对于苏雪而言是珍贵的，她喜欢那些老物件。那些老物件都藏着一个人或是一代人的故事，就像那些流传千年的诗画一样。每每触及，都会让人心里泛起涟漪，让思绪跟着追忆、体会其中的百态。

自从上次和苏雪吵架之后，陈冉调整了心态。他全身心放在了苏雪身上，为苏雪打造喜欢的院子，陪她过想要的日子。比如现在，他从没想过要当一个接送的司机，但为了苏雪，他带着乔巴做起了接送的活儿。即使他正在钓鱼，接到苏雪的电话，他也得立刻收拾起身去接人。

当然，今天是一次例外，正和乔巴一起钓鱼的陈冉，十分不情愿地放下鱼竿去接客人了。因为今天来的是他的故人。

苏雪在厨房里准备着晚餐，陈冉跟她说今天来的人是他的发小——鲁克，他们好多年没见了。鲁克一直在外旅行，这是他的“职业”。

“你是苏雪？”正当苏雪在厨房“奋战”晚餐的时候，一个男人的声音从背后传来，吓了苏雪一跳。

“你是陈冉的朋友鲁克？”苏雪放下菜刀，转身问道。她刚才可被吓得不轻，差点儿切到自己的手指头。

男人沉默了一会儿说：“不，不是，我是方军。”

苏雪没有听过这个男人的名字。

“你先坐一会儿，陈冉来过电话了。他们已经到了山下，在买酱油，他晚上要亲自下厨做鱼。”说完，苏雪继续切起菜来。但切了一会儿，她才想起，还没有给客人倒杯水。

苏雪是个感情细腻的女人，她总感觉这个叫方军的男人和陈冉好像有什么特别的关系。方军一看就是个成功人士，光手上那块表就够一套房子的首付款了。

方军在走廊四处打量着，很认真的样子。苏雪给他递了一杯水。就在这时，她听到陈冉车子的声音。他到了，她要去接，否则陈冉又会吃醋。

“每次不管客人距离多远都要我去接，还要提行李，我回来时难道不应该迎接我一下吗？”这是陈冉的撒娇，对待苏雪，他有时候像个“小公举”一样“蛮横”，谁叫她那么在乎呢？

跟在陈冉后面的还有一个人，苏雪很机智地叫了声“鲁克”。果然没错，这个人就是鲁克。陈冉以前总说他身边的朋友没有一个比他帅，但鲁克这样的男人没有女人不会喜欢。他和陈冉一样，看起来很阳光，皮肤黝黑，身材有些偏瘦，因为长期在外旅行的缘故，他的眼睛很深邃，写满了沧桑，鼻梁很高，五官立体得像是刻画上去的。

“房间里面来了个你的朋友。”苏雪很开心地说着，手里接过陈冉钓的鱼，上了石梯。

“我哪个朋友？”陈冉没几个朋友，在他身后的就是最好的一个。

苏雪还没来得及说出“方军”这两个字，方军已经走了出来。

陈冉没有说话，方军也没有。他们用眼神在交流，苏雪看了看鲁克，他也面无表情。

“你来这里做什么？”鲁克走了几步，站到方军跟前，眼神里充满了不善和一丝感伤。

“我要结婚了，想邀请你们参加，希望你们都能来。”方军好像很害怕陈冉和鲁克，说话有些底气不足。这跟他刚才带给苏雪的感觉完全不一样，他应该是属于那种说话信心十足、掷地有声的人，毕竟他有这种气场。

“方大老板，我们这种小人物你就不用邀请了，怕丢你的脸，再说了，我和陈冉打算出去旅行，也没时间。”鲁克一下子变得针锋相对起来，态度十分坚决，恨不得一拳打过去的那种，恨在他眉宇间特别明显。

陈冉依旧一句话也没有说，朝着厨房走去。苏雪满脑子充满了问号，不知所措地跟着陈冉进了厨房。她想问，又觉得不是时候。算了，她还是出去，让陈冉自己做菜吧。

方军没有过多停留，放下两张请柬就离开了，鲁克在露台上抽着烟。

“把鱼放进池塘吧，我今天不想做饭了。”陈冉突然跑出来说。

“我来做，新鲜的鱼好吃，你们两个好好聚一下。”说完，苏雪朝厨房走去。男人之间的事，她懒得参与。

耳边传来熟悉的音乐，陈冉故意放得声音很大。桌上的一大锅麻辣鱼看起来色香味俱佳，当然，只是看起来而已，毕竟烹鱼可不是苏雪的强项，但至少还能咽得下肚。

“青春的岁月，我们身不由己。只因这胸中燃烧的梦想，青春的岁月，放浪的生涯……”每一个向往自由的人，心中都有一首歌，这首歌是共鸣，是故事，是陈冉和鲁克、方军的。

陈冉和鲁克两个人去小卖部扛了一箱啤酒回来，他们喜欢“老山城”的味道。所有的酒都开了，整整二十四瓶，像一年又一年的青春。

两个人一口气喝了一瓶，音乐的高潮处让人觉得伤感，所有的美好都在那个心中有梦的年华，鲁克和陈冉又怎么会忘记呢？

思绪一下回到了那些年，他们的梦想——立志要在2020年成为中国首富。

“幽灵古堡”的前身是一家工厂，曾是他们的乐园。自读书的时候开始，这里就是他们的秘密基地。

十年前，他们三人在同一所学校。方军年级高一些，年龄自然也要大一些，鲁克和陈冉是同桌。他们同住在一个地方——交易城。那地方迄今都还在，里面什么东西都有，环境很杂乱。

陈冉的父亲曾在部队文工团待过，退伍后开了一个家具厂，母亲原本是一名语文老师，后来直接回厂里当了会计。陈冉在家里排行老幺，最受宠。苏雪经常开玩笑说：“如果不是当年那场大火，陈冉就是一个富二代。”不过如果不是那场大火烧毁了家具厂，陈冉也不会跟随父母来到重庆，更不会遇见苏雪。

鲁克的父亲是个生意人，说是做生意，其实也就是在交易城租了一个小门面，批发一些日用品。他的母亲足足痛了两天，才生下他，之后就大出血去世了。为了他的出生，母亲一直挣扎，血铺满了整张病床。这些都是鲁克的父亲告诉他的，后来他父亲就一直单身。

三个人中，方军的家境最差。他父亲从农村来，为了儿子，方军的父亲每天要做两份工作，白天在工地干活，晚上开出租。

家境的差异并没有影响他们三人的友谊，小时候的感情是最纯粹的，志同道合是关键。例如三个人会经常到工厂来，他们冬天在这里生火烤肉。

方军很聪明，每天都在研究新玩意，但没有一项成功。上大学时他选择了计算机专业，那时候鲁克和陈冉还在读高三。方军开发了一款游戏软件，用赚来的钱买了一台笔记本电脑，这台电脑成了他们三个人当时最喜欢的玩具。

夏天的山城天气十分炎热，他们不喜欢待在家里，那样显得太无聊了。在长江里游完泳后，他们再回到这个地方，抱着方军的电脑没完没了地打起了游戏。三个人光着膀子，买了几瓶冰啤酒，这个味道到现在他们都还热爱，无可替代。

“敬梦想，敬鲁克最近喜欢的妹子，敬陈冉这次打架取胜，当然也要敬方军赢得这台电脑。”只要三个人在一起，做什么都有意义。

这里堆了数百个他们喝完的空酒瓶，他们想要在整面墙前堆满，堆满他们的梦想，他们说：“要在2020年成为中国的首富。”于是瓶子就是他们成长的路，2020年，那面墙前终将被堆满。

那时候的陈冉是个小胖子，最帅的还是鲁克。他当时在学吉他，说是要弹给他喜欢的妹子听。那个妹子陈冉和方军从来也没有见过，只是一直听他说：“妹子的眼睛很大，下巴那里有一颗痣，扎着马尾辫。”

方军一心读书，想要改善家庭的生活环境，让父亲不用那么操劳。那晚他父亲一个人在出租屋里哭，他都听见了，然后他第一次和父亲一起喝了酒。父亲告诉他说想母亲了，父亲一个人过得很辛苦。

父亲说："现在开出租车很危险，前几天一辆出租车撞死人了，赔得倾家荡产的。"方军的父亲开车很多年了，他突然说起这些一定是发生了些什么。

酒喝了很多，方军在父亲面前不抽烟，是为了让父亲知道他不乱花钱。父亲抽了很多廉价烟，那味道闻起来不香，里面劣质的烟草味反而有些呛人。

"今天还遇到一个坐车不给钱的，几十块钱，这钱都得我赔。"方军终于知道父亲为什么要落泪了，每个月的房租，他的生活费，都是很大的消费。

那天晚上他一夜未眠，他在想如果自己可以开发一款打车的软件该多好，就不会出现乘客不付钱的情况，他的父亲就不会因为几十块钱而落泪。

这种欲望越来越强烈，方军需要鲁克和陈冉的帮助。

三个人又聚在了工厂，陈冉对于电脑除了打游戏，什么也不懂，但是鬼点子多。鲁克是一个情商比较高的男人，他会考虑如何让乘客有更舒服的体验，至于技术上的事情，都由方军负责。

对于三个年轻人而言，这将是一场战争，方军说："如果这个事情成功了，他们就有可能在2020年成为中国首富。"他的话，让陈冉和鲁克兴奋不已。

"等有了钱，老子要去很多地方，带着我那个妹子，环游世界。"鲁克停下了手里拨动的琴弦说。

"等我有了钱，我要买艘游艇，身边一群美女围绕，天天在海边开派对。"陈冉讲得自己都忍不住笑出了声，原本就小的眼睛，再加上满脸的肉，望过去他一张脸只剩下几条富有情感的“缝隙”。

为了他们的梦想，几个人不再像以往那样喝酒、瞎聊、玩游戏。而是在工厂里搭建了一个小工作室，用坏掉的门板做了一张桌子，一台电脑承载了他们所有的希望。

方军学校中的几个哥们儿也知道了这个事情，想要加入。尤其是方军原本最不喜欢的那个人——吴恒，他是出身豪门的公子哥，平时除了泡妞，就是惹是生非，曾经差点儿和方军打了一架。他俩一个是班上成绩最好的，一个是成绩最差的。

方军拒绝了所有人，包括吴恒。尽管他心里清楚，只要让吴恒加入，他们不仅能有更多的开发资金，还可以得到后期推广和升级的费用。但是他不想把这个“蛋糕”分享出去，因为这是只属于他们三个人的梦想。

虽然没有得到更多的资金，但是凭借他们的努力和技术，还是把软件做了出来。然而后续的推销、上线，让三个人陷入了迷途之中——这需要很多很多的钱。他们还只是大学生、高中生，根本没有更多的经济来源。

好些天，三个人都没有彼此联系。就连周末，方军都把自己关在寝室没有回家。他不知道该如何面对自己的两个兄弟，主意是他提出来的，现在却面临着半途而废。

就在这时，吴恒来了。他告诉方军，他父亲愿意投这个钱，前提是把整个开发项目都买过去，一次性付清，当然还要让方军成为公司的运营总监。

面对这突如其来的馅儿饼，原本方军还在纠结是否要接受这个条件和怎么给另外两个兄弟解释。就在这时，他突然接到了陈冉打来的电话，方军的父亲出车祸了，还撞了人。

躺在病床上的父亲，头发白了好多，脸上的皱纹也爬满了。那是一张历经沧桑的脸，里面深藏着一个人的悲伤与孤独，还有对这个世界的无奈。

虽然方军的父亲是因为另一辆车的逆行才撞伤了人，但还是需要他父亲先垫付医疗费用，而且还得自己去找到那辆逆行的车，才能获得自己的赔款。然而父亲也受伤了，急需治病钱。外加他很早就想搬出那个潮湿的房子，里面总有一股发霉的味道，夏天热得要命，冬天冻得受不了。他找到了吴恒的父亲，把软件卖了，同时兼职公司的运营总监，每个月有很高的报酬。而这一切方军没有提前告诉陈冉和鲁克，之后也没有和他们说。处理完一切的方军只是留了一笔钱给他的兄弟们，自认为那是他们应得的。

那天，天气阴冷，方军买了啤酒、卤菜，还拎着一个箱子——里面装满了钞票。工作室里有一盏灯，是陈冉当时接的线，目前还能用。鲁克带了之前说起的那个妹子来，陈冉裹了件厚厚的睡衣，天气太冷了，冷得方军说话都结巴了。

“我把软件卖了，除了给我父亲治病和赔偿的钱，剩下的都是你们的。”说着他就打开了箱子，他们没有见过那么多钱，看起来太诱人了。

鲁克松开了女孩子的手，走向方军，用脚狠狠地踹倒了木板做的桌子。他又拾起箱子，朝天上抛，整个工作室下起了“钱雨”，充满了铜臭的味道。他什么也没有说就走了，女孩也跟着走了。

陈冉还站在那里，他想说什么又停止了。他知道鲁克为什么会那么生气，他又何尝不是，这里面有一种背叛与自私。他跑去了山顶，他知道鲁克应该也在那里。

鲁克在山顶喝着酒，他不明白为什么方军变成了这样，这么自私，虽然有他父亲出事故的缘故，但无论怎样，他们都无法原谅方军的做法，至少，方军在做这件事情的时候，应该同他们两个商量一下。

这一晚，少了一个人的醉，只有陈冉和鲁克。

这世上的感情，稍微有些裂缝都很难复合，不管爱情或友情，鲁克说：“不想念书了，想出去闯闯。”对此，陈冉是支持的，他也有这样的打算。他们不想待在这个城市了，更不想听到关于方军的一切。

半年后，陈冉走的那天，鲁克去送了他。他要去一个磨炼意志的地方，陈冉的父亲让他去当兵。所以，他即将踏上一个人的路，没有方军，没有鲁克，去一个只有男人的世界。其实那天方军也去送行了，只是站得很远，他西装革履，已经不再像个大学生，他是有钱人了。

陈冉走后，鲁克去了西藏，一边打工一边旅行。他时常会给陈冉写信，告诉陈冉他又去了哪里，遇见过什么样的女孩子。只是到现在鲁克依旧单身，他好像更喜欢在这个世界流浪。

苏雪听完他们的故事，深深地叹了一口气，一个人从饭桌前离开，她需要室外的空气让自己舒坦一下。不是因为陈冉，而是因为一段友谊的夭折。她多希望这三个人还可以回到当初，那个叫方军的男人也并没有那么讨厌，那个时候，他有苦衷，又兴许鲁克和陈冉早就原谅了他。

她抽了根烟走进屋里。房间里果然要暖和很多，那首歌还未播完，桌上散着一堆酒瓶。她想起了“2020酒瓶”的故事。然而她来这里的时候并没有看见。陈冉告诉她，酒瓶都被他和鲁克砸碎了，当时那一地的玻璃碴，就像碎掉的心一样。后来这里遭遇拆迁，有些拆除了，还有些残缺，就像他们三个人的感情一样。

不过，方军结婚的那天，他们还是都去了。事情都过去了那么多年，那么久的朋友，结婚就这么一次，他们也不想错过见证兄弟的幸福时刻。

在婚礼上，方军讲话的时候特意拉了他们两个人上去，看得出来他很开心，比他现在拥有的一切都要开心。他们三个站在婚礼台上，握着话筒，又唱起了当年的那首歌。

我多想看到你

那依旧灿烂的笑容

再一次释放自己

胸中那灿烂的情感

……

血粉丝
2017.5 MKF

第六季

复活的嫁衣

山城冬日的阳光，非常惹人喜爱，不仅晒得人浑身暖和，也照得花圃里的花儿们娇艳无比。苏雪忍不住采摘了一些，用她最近学会的插花技巧拿着剪刀开始修修剪剪。艺术是相通的，不一会儿，一盆简单、精美的插花就做好了。她想让暖阳给花最舒服的温度，她想让娇艳的花朵在绿荫里脱颖而出。

这样的日子很适合抱着吉他，晒着太阳，再来首舒缓的民谣。最近苏雪学会了《张三的歌》。相比民谣，她更热爱摇滚，咆哮、真实而不做作。不过这样的日子，更适合旋律简洁朴实、清新爽朗的民谣。

苏雪和陈冉的爱情旅程即将迈入第四年。苏雪是个很容易心血来潮的人，想到一出是一出。前几天她拍了许多的照片发到了朋友圈里——她想和陈冉拍婚纱照了，不是去撒哈拉沙漠，她想和陈冉将幸福与甜蜜洒在一百一十七座城市里，纪念他们的一月十七号。

消息发布后不久，苏雪收到了两套婚纱。这是两个曾经的房客，现在已成知己的朋友寄来的。她们等苏雪穿婚纱等了好久，但这次旅行与婚姻无关，只是一种祝福，苏雪只是想在人生旅程的某一时刻和身边还在的这个人坚持做一件事，去一百一十七座城市，拍一百一十七场婚纱照，兴许拍完需要用尽余生。

朋友圈里另一个朋友给她发来私信："你的婚纱照我包了！"

"别，我不要你们那种婚纱照，我要自己设计。"苏雪可不喜欢那种一板一眼的套路拍摄。

"是，你长得乖，该你歪。"曾梓潼说话一直都是这样的，她和苏雪的认识亦是从房客与房东关系开始的。

那是一个夏天，苏雪记得那天，曾梓潼是其他房客介绍过来的。曾梓潼比苏雪年长一些，短发，个子较小，年龄看起来也小，如果只看背影，很容易就把她误认为是一个高中生。两个人很快就从房东与房客的关系变成了朋友，是那种一见如故的感觉，更重要的是因为曾梓潼能理解苏雪，知道她想表达什么。

每次上山来，她都会带很多水果，陈冉每次都会说："你能不能买点儿贵的，我喜欢吃榴梿。"

"滚，又不是给你买的。"曾梓潼笑道。

曾梓潼和他男朋友经营着一家婚纱店，同时还经营拍摄婚纱照业务。两个人恋爱整整十年了，她老公是外地人，比曾梓潼小几岁，模样倒也不丑，个子不算高，脸有些长。

这么多年，曾梓潼卖了那么多件婚纱，拍了那么多的人，见证了那么多新人步入婚姻的殿堂，终于轮到自己了。她的心里自然有更多的期待，希望有一场属于自己的独特婚礼。

不知道她男朋友是帮别人做婚纱做得太多、太久了，还是两个人在一起久了，爱情已经慢慢转化为亲情了，他对待自己的婚礼一点儿也不上心。他没有给曾梓潼设计婚纱，而是让她在店里随便选了一件，穿了到时候还可以继续卖。这就是曾梓潼相恋十年的男朋友——杜里夫。

曾梓潼一想到这些就来气，她都不想结婚了。她本不想回家，然而她已经好久没有去看自己的母亲了，母亲也一直在打电话问她婚礼到底要怎么办，正好回去商量一下。

曾梓潼的父母是反对他们在一起的，婚房都是他们付的首付，而这个远方的女婿平时也很少去看望两位老人家。

曾梓潼正在看最近很火的电视节目《见字如面》，节目中播放了王小波和李银河的通信。此时，母亲在厨房做菜。曾梓潼突然走进去，说："妈，你以前和爸写信吗？"母亲一边翻炒着西兰花一边说："没有，哎——"她停顿了一会儿，"前几天来了你的一封信，你问问你爸放哪儿了。"这让曾梓潼很诧异，都这年代了，谁还会给我写信？当父亲将信拿给她时，她的脸瞬间变青了，信封上的地址是X监狱。

她躲进了自己的房间，床上空荡荡的，母亲早已把被子收拾了起来，房间里很干净，她用手摸了摸飘窗，坐下，撕开了信封。这是多么熟悉的字迹，多么熟悉的落款。写信的人说，他即将刑满释放了，想要见她，他说自己一直爱着她。

曾梓潼怎么能忘记这个男人，那是十一年前，她爱上的第一个男人，也是最后一个男人。曾梓潼是不爱杜里夫的，只是习惯于他的存在，那时候如果不是杜里夫出现在了对的时间里，她兴许还会等，一直等到今天。

她的脑海里浮现出了同这个男人的点点滴滴，她想起了他消失的那段时间。

明明在热恋中，男人却意外提出了分手，曾梓潼跑到他家里找他无果，她一个人乘坐在拥挤的公交车里，被挤得没有一丝感觉。曾梓潼一直不断地拨打那个电话号码，却一直没接通。

如果不是男人的朋友给她打来电话，她还不知道男人在监狱里。她还以为这个男人玩弄了她。

看完这封从监狱里寄来的信，她的思绪很乱。对于一个即将要结婚，而且已经怀有宝宝的女人来说，前男友的出现，无疑是一场灾难，更重要的是，她还是忘不了他。

她想到了苏雪，问苏雪是否在山上。苏雪除了出去旅行，都会在山里，她不喜欢热闹的城市，她喜欢自己这个狭小的世界，乐在其中。

曾梓潼来的时候，“啪”的一下丢了一封信在桌上：“我前男友，十一年了。”苏雪最喜欢当听众了，倒不是可以带给她很多写作题材，更多的是可以在别人的故事里感受着世界的精彩，她很乐意做一个盗梦者，感受人类丰富的情感。

苏雪很快看完了这封信，内容简短，字迹工整。

“来一杯？给我讲讲故事，我正巧最近在写东西，给点儿灵感？”苏雪这个时候想和曾梓潼喝上一杯，十一年了，一个监狱中的男人居然还挂念着一个女人，这正是她信仰的爱情。

“这信要保存吗？”苏雪看完信，望了一眼院门口，对曾梓潼说道。

“城堡”门口有一个特殊的邮筒，筒里有好多人写给自己的信或者写给别人又不想寄出去的信。这个邮筒已经荒废很多年了，如今变成了一个保存秘密的地方，没有人看过里面的信。苏雪告诉每一个投了信的人，这个邮筒上的锁没人有钥匙，包括她自己。其实她想让这个邮筒守住所有人的秘密，成为人们隐藏秘密的地方。

曾梓潼抱着信在邮筒前呆立了很久，最终她还是把信塞了进去。塞完后又对着邮筒发了好一会儿呆，她想着他要出狱了，要不要去接他？或者给他回封信？她不知道如何是好，现在他要回来了，说还爱着她，而她即将成为别人的新娘。尽管杜里夫对结婚的事情没有上心，可是经过这十年的陪伴，她好像已经习惯了这个男人。她莫名地有些感触，在脑海中又把信“翻看”了一遍。

有的人来过就好，有些事记得就好。曾梓潼还有很多订单要处理，虽说和杜里夫在一起工作，但他们之间几乎很少说话，忙碌成了他们每天的必修课，她也很享受这种忙碌，毕竟她已经怀了孩子，接下来可能会在家中静养。

有些事情是安排，有些事情是巧合，又有一些事情是我们都难以相信及预测的。那天曾梓潼接到一个网上的订单，这没什么大不了的，但让她有些奇怪的是尺寸居然与她完全吻合，客户直接付了全款，说做好了通知一下，到时候会有人来取。

曾梓潼将订单发送给了杜里夫，顺带说了一句，尺寸按照她的做就好了。

杜里夫没有多想什么，应了一声："好，你的婚纱选好了？"

"哦，好了，就按你的想法，到时候随便在店里选一件就好。"她是愤怒的，故意的，然而杜里夫还是继续埋头画图。

两个人在一起越久，越容易相互敷衍，这是一种常态，曾梓潼也懂，她是那么明智的一个女人，可再明智的女人在爱情里都是白痴，什么福尔摩斯、柯南，都与之绝缘了。真正的生活，就应该是平淡的吧。

一个月后，曾梓潼的这个客户一直没有和她联系，婚纱都做好了，那是每个女人都会喜欢的婚纱，曾梓潼也无数次幻想她穿上婚纱的样子，她开始有些陶醉了，如星子般的眼眸一直盯着那件婚纱，橱窗前，婚纱散发着莹洁纯净的光，隐含着傲慢与神圣。

她忍不住试穿了一下，那层层叠叠的轻纱，软缎织就的玫瑰和宝石拼镶在一起，有对爱情的期盼，还有对幸福的憧憬。她香肩半露，长裙下摆处细微的皱褶随着脚步轻轻摇曳着，在晕黄的灯光下仿若下凡的仙女。

这婚纱完全就应该属于她，她穿上后是如此的美丽动容，她看着镜子里的自己，整理了一下头发，她哭了，她真想知道要穿这个婚纱的女人到底是谁，她是有多么幸福。

很快到了约定取走婚纱的日子，曾梓潼外拍取景去了，婚纱还挂在橱窗里，工作人员告诉了她一个惊人的消息："客户是上午十点钟来的，看了婚纱许久，拍了很多的照片，他说婚纱是送给你的。”

曾梓潼开始查询订单，她想要找到那个人，即便她心里有些怀疑会不会是那个人，但她需要确定。然而她发现关于这个客户的信息什么也没有了，没有人会动她的电脑，除了杜里夫。

她略带气愤地冲进工作室：“那个客户的资料哪儿去了？是你删掉的？”她也不知道自己为什么会有那么大的火气。

“是我，你是不是想去找他？”杜里夫说话的分贝渐渐高了起来。

“我找谁？我怎么知道他是谁？”曾梓潼有些不明所以地问道。

“你以前那个扒手男朋友给你定做的婚纱，曾梓潼，你还真挺会玩的。”杜里夫的眼神很凶狠，说完摔门而去。

曾梓潼坐在沙发上，眼泪扑簌簌流了下来。她决定要去找那个男人，她依稀还记得他以前的家在哪儿，只是不知道这么多年过去了，他的家搬了没有。

外面下起了雨，很大。曾梓潼打了一辆出租车来到一个即将被拆迁的旧小区里，好多人家的门上都写着一个“拆”字，然而她终究还是没有找到那个男人家的门，这里好像变了，早已经不是她记忆里的样子了。

她一个人走在雨中，这样的天气很暗沉，除了那些微弱的路灯，她的眼睛几乎找不到任何焦点。她还想继续寻找，有些许的人路过，她开始询问，有人说，早搬走了；也有人说多年没有见到；还有人说，不知道。

她的脑海里又浮现了好多关于这个地方的故事，今天和上次她来找他的时候一样扑了个空，她开始伤心起来，恨不得现在就找到他，扑进他的怀里，质问他：“当初为什么突然消失！为什么要让她看见他偷人家钱包的那一幕！为什么不能好好找一个工作……”她的心里有太多为什么，又有好多的埋怨，而这些只能伴着雨水被深深地埋进自己的心里。

就在这时，一把雨伞替她挡住了雨水的滴落，她多想这个人就是那个男人，但他是杜里夫。

“回家吧！我会设计一件比那件更适合你的婚纱，对不起，我知道这些年忙于工作，有些忽略你，但我都是为了让你家里人看得起我，我不想住在你爸妈买的房子里，我想自己努力。”杜里夫好久没有哭了，也不知道是雨水还是眼泪，曾梓潼听到了抽泣声。

杜里夫抱住了曾梓潼，搂得很紧。

曾梓潼睁开眼睛，她看见不远处有一个人，很像那个男人，她努力地睁大眼睛看去，男人好像在向她靠近。

杜里夫感觉到了曾梓潼的目光，扭头看到了那个男人，他紧紧地握着曾梓潼的手，像宣誓主权一般盯着那个男人。男人站在那里没有挪动脚步，杜里夫第一次看到了那个男人的脸。

曾梓潼迎了过去，没错，这个人就是他，他老了许多，没有了当年的阳光，脸上有些痘痘，身材还是那么健壮。杜里夫握着曾梓潼的手一起冲了过去。

这个时候他们三个人都沉默着，雨像是刻意似的，越下越大。杜里夫另一只手，拳头攥得越发用力。他不知道该不该动手，他没能花心思为自己心爱的女人做婚纱，他不配拥有这个女人，但是对面那个男人做到了，想着，他松开了拳头，对着那个男人说了声：“谢谢你。”

杜里夫牵着曾梓潼走了，男人依旧站在雨中，曾梓潼每走一段路就回头看一眼，直到转过一个拐角。

他们回去后没有争吵，一切好像又回到了刚刚热恋的时候，杜里夫为曾梓潼吹干头发，替她洗换下来的衣服，给她热牛奶。

他自责地抽着烟，他明明很爱这个女人，却伤了她的心。他为那么多女人做了婚纱，却没有一件是属于自己女人的。之后几个日夜，他把自己关了起来，他绝不容许自己的女人穿上那个男人订做的婚纱，他要给自己心爱的女人全世界最美丽的婚纱，这婚纱要绣满他所有的爱。他要将绚烂的感情大胆利落地收敛为最圣洁的白金色，他要让曾梓潼在婚礼那天成为全场的焦点。洁白的婚纱掩映着曾梓潼娇媚的脸，灿烂的阳光装饰着吉祥，他们从此将相伴到永远，他要成为她一生的依靠，无论贫穷与富有。

“约定之日”并没有因为前面的插曲而更改，酒店门外摆满了鲜花，空中的气球都是白色的，四处洋溢着幸福。不远处，有一个男人握着一张请柬，对着那道关闭的大门，看着放在门口的海报上笑容甜蜜的一对新人的照片，女人身上所穿的婚纱是他定制的。

请柬是杜里夫送去的，婚纱是杜里夫让曾梓潼拍婚纱照时穿的，他不想去和那个男人计较，他知道这世界上还有一个男人爱着他的女人，所以他想要更加努力地去呵护这个女人。

婚礼现场一片热闹的景象，伴随着《婚礼进行曲》，曾梓潼和杜里夫对视了一眼，两个人脸上都露出了幸福的笑容。

第七季

金牌陪练

我想在那里最高的山峰矗立，
不在乎它是不是悬崖峭壁，
用力活着，用力爱，哪怕肝脑涂地。
不求任何人满意，
只要对得起自己
……

《追梦赤子心》是孟冬最近单曲循环的一首歌。他经常在骑着自己那辆红色摩托车时听这首歌，他穿着一身运动装，肌肉很明显地鼓起。二十二岁的他对这个美好的世界憧憬着、期待着，成为“拳王”是他的梦想。

一个身高不足一米五的男人，心中却有着大大的梦想。

他刚送完外卖，接下来要去拳击馆面试，他相信这个世界不会抛弃他，也坚信梦想有一天可以实现。他要让所有人为他鼓掌，让那些唾弃他的人闭上他们的臭嘴。

他骑着车穿过一条条街道，看到道路两边的银杏树很美，有的已经开始泛黄了。此时，街道上有些堵车，孟冬降低了车速，慢悠悠地滑行着，反光镜中一辆开往九寨沟的大巴的玻璃窗上出现了一张熟悉的脸庞，很久没有见到她了。此刻，她幸福地依偎在一个男人的肩膀上睡着了。他知道这是前同事阿花，哪怕只能看到半张脸，他也能确定。

这个城市一定有许多人，因为梦想和贫穷而同病相怜，孟冬和阿花就是如此。他想起那天因为送单迟到，老板的辱骂声贯穿了他整个耳膜，是阿花的解释才让老板的声音变得柔和了一些。

在服务行业，"顾客都是上帝"的格言，让"上帝们"借着优势，摆出了很高的架子，他们认为付钱就应该得来相应的服务，就如当时客人让孟冬带一包烟，而他绕了很久，不是不能停车，就是没有商店，最后没买到烟还迟到了，他感到很委屈，然而这种委屈只能成为无声的哭泣。

拳击馆里，响着激情澎湃的音乐声，那些正在热身的人，有的是为了减肥，有的是为了塑形，而他想要在这里找一份工作，通过这个平台来提升自己，他想成为"拳王"。

拳击馆的负责人正在与人洽谈比赛的事情，孟冬找了个位置坐下来。前台负责接待的一个女孩走了过来，"想学拳击？"女人温柔地说道。

"我是来面试做教练的，之前跟负责人联系过。"说完孟冬看了看手机，女人瞥了他一眼，甩着那圆润的身条一扭一扭地转身走开了，没有说一句话。

旁边的负责人好像听到了他们的交谈，朝孟冬那边看了看，又继续谈起了自己的事情。

孟冬等了整整两个小时十三分钟，他不知道负责人早就发现了他，只能耐心地等待着。负责人的声音听起来有几分童声气，个子很高，孟冬在他面前显得那样渺小。

“你是来面试教练的？我们这里已经招满了，很抱歉。”负责人的第一句话不是自我介绍，而是直接拒绝。

“之前我跟你联系过，你说可以给一次机会。我从小就开始练搏击了。”他用诚实而坚定的眼神看着眼前这个高他一截的男人说道。孟冬很需要这份工作，不是送外卖的工资不够生活，而是他想要实现更大的梦想，也是自己从小就有的梦想。

“你这个身高……”负责人没有说完，他知道孟冬应该明白。

孟冬孤独地站在那里，没有人理他，所有人都在忙碌。他还想争取一下，但他压住了自己的冲动。他的个子虽然矮，但志气，很高，很高，就像玻璃窗外的那些高楼一样，甚至可能更高。

孟冬从陕西来到重庆已经两个月了，梦想离他好像越来越远。其实，他可以留在老家找份工作，谈个恋爱。但他想起了最初的拳击梦，那时候的他和邻居家的王蕾在同一所学校，两人玩得特别好。王蕾是他唯一的朋友，从不嫌弃他个子瘦小，每次家里有好吃的都会分给他一半，他们走在路上总是会被其他人嘲笑，因为他比王蕾矮了一头。

王蕾是那种结实但不胖的女孩，是学校里的体育尖子，每一项体育运动她都参与，她的手臂力量特别大，好多男生掰手腕都不是她的对手。因此，学校的男孩子都来挑战她，想要赢她，来证明自己，但每次都是铩羽而归。

那天和往常一样，一大群人围观，学校高年级的一个男生发起了挑战，王蕾揉了揉十根手指，观察着这个男生。高年级的男生有一张很帅气的脸，个子很高，笑起来眼睛有一道美丽的弧线，左脸颊还有一个深深的酒窝，他是学校的“校草”。

“校草”要挑战王蕾，自然迎来了比往日更多的人围观。王蕾和“校草”的手握得很紧，一会儿朝里，一会儿朝外，有好几次王蕾险些被扳倒。她咬紧了牙又扳了回去，两个人势均力敌，不分胜负持续了许久，“校草”那铁钳般的大手捏得王蕾的指关节“嘎嘎”响，疼得王蕾想要抽出手。但她还是坚持着，双目圆瞪着“校草”，腮帮子都鼓了起来，好像一头要发怒的狮子。

“校草”的青筋也暴露了出来，掌骨凸起，仿佛要将王蕾的手捏碎一样。

大部分人都为“校草”呐喊着，就在这时，王蕾暗暗地把力量集中倾注于右手，身体奋力往左一偏，她赢了“校草”。

欢呼的大部分都是男孩子，也包括孟冬，他的声音最大。

“校草”有些气急败坏地拍了一下桌子，从钱包里掏出了所有的钱，准备转身离开，王蕾有些得意地说了一句：“‘校草’，以后你靠颜值就好，小白脸适合你。”没想到一句玩笑话激怒了“校草”，他抓起桌上的钱朝着王蕾的头拍了过去，所有人都沉默了，空气也仿佛凝固了起来。

“校草”转身就走，没说一句“对不起”。

“站住！”这两个字听起来声如洪钟一般响亮，是孟冬。

“校草”怎么可能畏惧孟冬，他一米八的大个子，面前这个孟冬能做什么？他不屑地走了过去：“有事儿？”

“给她道歉，不然你今天走不出去。”孟冬从来没有这么勇敢过，尤其是此刻面对“校草”，一个身高一米八的大汉。

“校草”没有理会，直接迈开步子就走。孟冬抄起了屁股下的凳子就砸了过去，正好击中“校草”的腰部。“校草”一个转身一脚踹倒了孟冬，接着就是一阵乱打，手脚并用，直到把孟冬打出血，“校草”才停止。

后来，学校问起事情的起因，“校草”说是“两个人闹着玩儿”。因为这个，王蕾也开始喜欢上了“校草”，和学校中其他女生一样。

她开始远离孟冬，放学后会故意躲起来，孟冬都以为她走了，骑着车子一直追，追过了一条又一条的小巷子，也不见王蕾。

如果不是那天他看到王蕾和“校草”走在一起，他怎么也不会相信王蕾会跟她的“手下败将”在一起，他们有说有笑，王蕾的眼睛里闪烁着光，那是他没有见过的。

他从来没有感觉到北方的冬天会这么冷，他认为一定是自己不够强大，而不是王蕾的错。这天他回家一直闷闷不乐，电视频道换了一个又一个，突然他扔掉了遥控器，锁定了一个频道，电视里正在播放一部电影——《百万宝贝》。

女主角玛吉的梦想，不就是他的梦想？她一个女人都可以如此顽强，而他还有什么资格在这里沉闷，他跑去告诉父亲说：“爸，我要学拳击。”孟冬的父亲知道儿子的个子是没有办法改变的，就跟他一样。

“儿子，学画画怎么样？你看电视里的那些拳击运动员每个都身强力壮，你这个小个子不适合。”孟冬的父亲搓着手里的烟丝说道。

孟冬没想到父亲会这么不支持他，但他更想不到的是父亲在他生日的时候给他买了一对拳击手套，还在家里为他装了一个沙袋。那天是孟冬出生十八年来最开心的一个生日，他感觉自己的梦在一步步逼近，他要战胜“校草”，他要保护王蕾。

从那以后，每天早上天不亮他就起床晨跑，他买了一张教拳击的光碟，整天沉迷在各种姿势里，走路都在隔空打拳。早晨，他有时候会故意吼出声来，他想让王蕾知道他的努力，但王蕾从来没有去关注过。

他读书都没有这么认真过，高中毕业后，他毅然放弃了学业，他知道自己的心思根本不在这上面，打拳才是他想要做的。王蕾也落榜了，去念了中专。

孟冬知道，如果要做到速度快、力度狠、击打准确，他需要实战，更需要一个老师，其他人的数年大学时光，是他的数年拳击梦想。

最初想要学习拳击是为了保护王蕾，证明给"校草"看，为了吸引别人的目光。而现在的孟冬是真的热爱上了拳击，他想站在舞台上，想用自己一米四七的身高去赢得掌声、欢呼声，还有那金灿灿的奖牌与奖杯，他认为这是一个男人的荣耀。

当这些过往再次浮现在脑海里时，孟冬想要再试一次，但不是这家拳击馆—— 一个得不到尊重且不懂得尊重别人的地方。

他开始再次寻找，以他现在的能力，做一个教练绰绰有余。他坚信有一个人会器重他，不会嘲笑他。这个伯乐很快就出现了，他就是马苏。

马苏的身高只比孟冬高十厘米，拿过很多次的奖，因为一次受伤终断了他的"拳王梦"。然而他放不下拳击，后来自己开了家拳击馆，成了这家拳击馆的老板。他待孟冬如同自己的亲兄弟一样，他懂孟冬，因为他也曾受过别人的嘲笑。

孟冬无比珍惜这样一个机会，还有这家拳击馆，他终于有一个地方可以落脚，还能参加职业比赛。他比以前更努力了，外卖要送，拳击也要练，他知道梦想在向他挥手，他要拿着一枚金牌回家送给父亲。

如果一切都可以由着自己的安排来，那该多好，孟冬没想到第一场比赛会输，输得他开始怀疑自己，放纵自己，喝酒买醉，并且在网吧度过了几个通宵，拳击馆没有他的影子，马苏也找不到他。

孟冬辛苦了那么多年，终于站到了拳击台上，却被一个比自己还瘦小的人击败了。他看着自己硬邦邦的手臂，恨不得拿一把刀砍下去。他想回家了，从此再也不碰拳击。

孟冬临走之前想再去见一下马苏。刚踏进大门，拳击馆电视里的画面让他傻了眼，玛吉，他曾经的榜样，没有忘记自己的人生目标，一直朝前。而他现在却像缩头乌龟一样想要逃跑，他的耳边响起了欢呼声，喊着孟冬的名字，很多次，很多次。

"孟冬,你回来了,都在等你。"马苏的声音将他唤醒。这次他真实地听到那些学员在叫他"孟教练"。

孟冬的脸有些红,对于这个称呼,他很羞愧,他知道那些学员中也有和他一样有梦的人,他身为一个教练如此气馁,显然有些不妥,他将颈子朝后仰了一下,把眼泪憋了回去。

"准备好训练了！热身、卷腹、仰卧推举杠铃、跳绳……"他还能轻快地说出这些,他还没有忘记自己喜欢的事情,只有面对自己喜欢的事情时,对这些运动术语才会如此倒背如流。

马苏没有责怪他,他知道一次失败是正常的,没有失败哪儿有什么成功。

之后的比赛,孟冬赢了,他没有被欢呼声感动得流泪,而是为自己的坚持而暗自落泪。

孟冬每天依旧还会送外卖,课都安排在下午,他只有让自己累才可以感觉到活着。他喜欢这样活着,充实,因为他才二十三岁。

"你的外卖到了。"

"下雨都送得这么及时？你要不要进来躲一下雨？把车停在院子里,山上路滑。"苏雪很亲切地说。

雨实在是越来越大,孟冬将车推进了院子,在院子的伞下躲起雨来。苏雪又继续画画,她有些饿,停了笔,走向桌子。

她看了看院子,那辆摩托车让她想起了阿花:"你进来啊！"她叫孟冬。

苏雪一边吃着饭菜一边与孟冬寒暄,孟冬也对这个地方充满了好奇,在屋子里走来走去。

"你画的？这个人好像我一个朋友。"孟冬虽不懂画,但能看出来像与不像。

"这个人？我画得这么抽象你都知道?"苏雪有些调侃地说。

“真的很像，尤其是眼睛，我以前有一个同事，好久没有看到她了。”

苏雪听到这些话的时候，身体不由地打了个冷颤，她的脑海里在想“同事”两个字。

“你同事叫什么？”苏雪开始了询问。

“我们都叫她阿花。”孟冬完全不知道这两个字对于苏雪来说有多么沉重。

苏雪沉默了许久，含在嘴里的菜还没有吞下去：“她走了。”

“我知道她走了，早没在我们这里上班了，听说去做设计了，那是她的梦想。”孟冬说着，继续环视四周。

“阿花死了。”苏雪吃力地说出了四个字。

“不会啊，前段时间我还看见她和一个男人在一起，在一辆大巴上，她睡着了。”孟冬不是那种反应很慢的男人，但这个时候他真的有点儿迟钝了。

“阿花就是死在了去九寨沟的大巴上。”

这下孟冬的眼睛定住了，他恍然大悟。

这时候陈冉推门而入：“教练，你送外卖送到我们这里来了？”孟冬朝陈冉应了一声：“嗯。”陈冉完全不知道发生了什么，孟冬平时不这么冷的，尤其是对待拳击馆里的人，脸上总是微笑着，他从来不像其他教练一样板着一张“马脸”，所以大部分学员都选择上他的课。

三个人坐下来时，苏雪才得知孟冬不只是一个“送外卖的”，他还是陈冉的拳击教练。孟冬是三个人里最后一个知道阿花结局的人。

缅怀过后，人生还是要继续，活着的人日子依旧要过，孟冬还没能成为“拳王”，他明天还有一场比赛要打。

赢了这场比赛，孟冬就可以出国去打拳了，他可以去挑战更有难度的对手。

多次取得胜利的孟冬很认真地对待每一场比赛，在拳击台上他从不装酷，他会去了解对手，用他的方式去攻、去防。几个回合下来，他一直处于上风。他的名字被观众叫得很响很响……就像此刻他突然摔倒在擂台上的声音一样响。

他醒来时发现自己躺在医院中，马苏在旁边流着眼泪，这是孟冬第一次看到马苏落泪，他的心犹如万箭穿心般难受。

“对不起，下次我会赢回属于我们的奖杯。”孟冬安慰着马苏，虽然他知道马苏并不在乎这些输赢，马苏在乎的是孟冬从此还能不能再打比赛。

马苏将一张诊断书递给了孟冬：“兄弟，老天是不是特会开玩笑，我以为你是幸运的，但没想到……”马苏说着朝窗口走去。

孟冬看着诊断书上的三个字无限被放大——“心肌炎”。

他有些暴躁地坐了起来：“不能当‘拳王’，我打拳击还有什么意思？什么心肌炎？我看是‘心机眼’，老天就是看不惯我这么厉害，它嫉妒我，它怕我比它强！”

一切似乎都归于平淡。

几天后，孟冬走了，离开了重庆，没有和马苏告别。

回到家乡的他有些消沉，一个多月的时间里都泡在酒中。

没有高学历，只有一身功夫，他能做什么？他不想再碰拳击，父亲给他找了份协警的工作，孟冬也渐渐接受了这个事实，他将荣获的奖牌与奖杯都装在了一个箱子里，他怕自己看到难过。

每天走在熟悉的街道上，却很少遇见熟悉的人，更没有遇见王蕾，她去了外地打工，只有过年的时候才回来。

孟冬坐在街口附近吃着油泼面，眼前有一个人坐了下来，身上散发着一股特别的味道。

马苏居然来了，来到了孟冬所在的城市里，刚刚那股味道是马苏身上的汗味。

两兄弟有大半年没见了，孟冬点了两瓶啤酒，还有很大一碗油泼面。

“你这身衣服怎么看着有些别扭呢？和你的气质完全不配。”马苏笑嘻嘻地说。

“我觉得还挺好的，准备待几天？晚点儿我请几天假，带你好好玩几天。”孟冬一边吃着面条，一边看着马苏的眼睛，马苏的眼睛还是那么充满力量，一种不可抗拒的力量。

“跟我回去，不要废话，今晚就走。”马苏向来说话都很简短而直接，他不喜欢拖拖拉拉，这是他的风格。

孟冬能不能拒绝马苏？他知道自己不能，一个二十几岁的小伙子，每天待在这个小城市里，他不甘心啊，他知道有一天自己还会带上那副拳击手套，哪怕不能站在拳击台上，也要站在拳击台前观摩，看着他教出来的徒弟，来完成他和马苏的梦想。

孟冬回来了，以前的学员都还在，陈冉还去机场接了他们，拳击馆里的一切都没有变，唯一改变的就是苏雪也开始来拳击馆了，他们准备训练完后一起好好聚一下，天下之大，这样的相识相聚是何等难得。

正当他们准备收工时，一个男人走了进来说是要学拳击。

很快，男人就交了钱，买了一年的私教，但他在交钱的时候提出了一个让大家都无法接受的要求：“你们要给我安排一个最厉害的拳击手，和我练拳的时候，他不能还手，只能被我打，当然如果他能躲得过也没关系。”在场的人都傻眼了，马苏想要拒绝这名学员，孟冬抢先了一步：“可以，你这个要求太好满足了，一年，我保证让你碰不到我一根头发。”

男人看了看孟冬说：“就你？你们这里就没有能打的人？”

孟冬怎么受得了外人在这里放肆："这样，现在，你打我，看我是不是你想要找的那个人？"

男人一听心里乐坏了，面对这么一个小矮子，他还是有胜算的。

孟冬虽然许久没有练拳击了，但要对付这样一个人，简直太容易了，四个回合下来，男人连靠近孟冬的机会都没有，更不要说碰到头发。

都说不打不相识，他们还没有真正交手，男人就已经输了，他倒也不是那种很讨厌的人，很有礼貌地竖起了大拇指说："我请客，你这个师傅我拜了。"

饭桌上，一大群男人围坐在一起，这个叫武磊的男人放下了之前的那种桀骜不驯，很谦逊地介绍着自己。

"你们不要笑我，我这人啥都缺，就是不缺钱，以后要有用得着的地方，跟兄弟我说一声就好。"武磊端起酒杯说。

这晚所有的人都喝醉了，只有孟冬最清醒，他又想起了好多的人，想起了那些擂台上的人与事，他还想起了武磊喝醉酒说自己是个"拆二代"，小时候也经常受欺负，现在有钱了，就想发泄。

每个人都有选择拳击的初衷，孟冬和马苏永远失去了成为"拳王"的机会，但他现在并不因此而后悔，他知道追求梦想才是人最大的财富。

至于武磊，孟冬想要试一试，好好教一教他，虽然他嘴有些贱，人还有些傲慢，但他从来没有遇到过一个比他高的人，每次走在一起都主动走在他身后。这是孟冬得到的最了不起的尊重。

每一个男人都想成为一个盖世英雄，踏着七色云彩去迎娶自己心爱的女人。孟冬最初的理想也是这样，但是现在，他渐渐明白了，自己再也不想成为什么大英雄了，他只想成就别人。

第八季

你欠我一场旅行

任何一座城市，对于漂泊的人来说都是既陌生又熟悉的，陌生是因为这里不是故乡，一切的事物、人都是新鲜的；而熟悉是因为只要你在这个城市里遇到了对的人，那这里就是家，是避风港，是归宿。

Ame，一个三十六岁的女人，因为爱情远嫁他乡，八年后因为遭遇背叛而选择离婚。她是典型的重庆妹子，纤瘦的身材，白皙的皮肤，爱擦艳丽的口红，一头长发，一袭长裙。苏雪见到她的时候还以为她是个“90后”的妹子。她烟瘾很大，一根接着一根，而且爱抽外国品牌的香烟。

这次Ame因为离婚而回重庆，打算次日再回到郊区，在这里停留两晚。她没有太多的行李，流浪的人不需要太多羁绊。能带走的除了换洗的衣物就剩下那些割舍不掉的物件，每一样物件都带着她的回忆，证明了她的存在。她离婚后，连一套属于自己的房子都没有，有一辆车她也开不了。

她爱上的这个男人是个玩地下音乐的，和他的音乐一样，他经常由着自己的性子，将他所有的愤怒与压抑都吼出来。外表看起来虽然很正常，但他始终是一个不安于现状的男人，不然他又怎么会给了Ame一份不一样的结婚纪念日礼物呢？

每次Ame坐在台下的时候，都默默看着台上的那个男人。

都说女人的第六感特别准，她发现有一个女人，每天准时来到男人唱歌的地下室。女人会加钱点歌，会邀请Ame的男人坐下来喝几杯，即便已经到了收场时间，女人依旧会阔气地加钱说要多听几首。

刚开始男人也只是应付一下，他知道Ame就在旁边看着，但时间久了，男人居然会主动去台下给这个女人敬酒，说不清是因为钱，还是其他。

这个女人没有Ame漂亮，身材还有些微胖，眼皮有些下垂，年纪有些大，唯一比Ame强的是她有钱，还有一辆红色的法拉利。

那天这个女人给了男人一千块的小费，他有些不好意思地走过去递给了Ame。女人显得有些生气地转身离开，男人也感到了尴尬，Ame知道这个女人在想些什么，为什么而生气，毕竟她也是一个女人。

那晚Ame提前回家了，她隐约预感到些什么，男人很晚才回来。后来得知那个女人和她男人一起去唱歌了，然后还一起吃了夜宵。

Ame不喜欢闹，她是个讲理的女人。她追问男人是不是不想一起过日子了，要跟那个女人在一起，男人果断否认了，还不忘加了一句“她怎么可能看上我，毕竟那么有钱”。

然而没过多久，男人就被他的那句话打脸了。男人不仅没有和那个女人断绝来往，还常常唱歌到深夜。更可耻的是他还当着Ame和那个女人的面，让Ame先回去，说他会和那女人讲清楚的。Ame有点儿绝望了，冷笑地回一句：“你们之间有什么需要讲清楚的吗？”说完摔门而去，而男人并没有去追Ame，依旧和那个女人在一起喝酒。

Ame再也忍受不了，她不想再耗下去了，她又回到了那个曾经无数次看男人演出、彩排的地下室。Ame坐到那个女人旁边，拿起了桌上两瓶还没开封的烈度酒，一决胜负般地说道：“一人一瓶，敢不敢？”不等那个女人答应就“咕咚咕咚”地往自己的嘴里送。女人没有示弱，照着Ame的样子也喝了起来。所有人都知道她们为什么喝酒，大家目不转睛地观望着。

Ame没有喝完就一头栽倒在桌上，醉得不省人事。男人正准备过去扶她离开，那个女人也正巧倒下了，还直接摔倒在地上。

男人最终选择了去扶起那个女人，将她抱在怀里，放进自己的车里，开车送她离开。

一上车，女人悠悠醒转了过来，借着酒意说了很多话："你跟我在一起，我什么都可以给你，你不用再这么奋斗，你要喜欢唱歌，我们开个酒吧。"男人此时也知道了女人是装醉的，可那些话却让他无法抗拒，奋斗了那么多年是为了什么，真的只是热爱音乐吗？

Ame给男人打了好多电话，可此刻的男人正在憧憬着时运到来的美好，和那个女人疯狂地缠绵着，早已忘了那个曾经一直陪伴着他从低谷走来的结发之妻。相濡以沫哪敌得过资本的侵蚀，而且还是一个带着色欲的资本。

Ame在地下室的厕所里睡着了，一个人趴在马桶上，马桶里还有残留的呕吐物，散发着一股腐烂的味道。男人第二天来过，看着还在酒醉中的Ame，除了一脸嫌弃，什么也没说，拿了自己的东西就离开了。

自那夜后男人再也没有回过家，原本幸福的两个人走到了婚姻的尽头。Ame放弃了抵抗，提出了离婚，男人爽快地答应了。签离婚协议的那天，刚好也是他们的结婚纪念日。

山上的夜晚十分宁静，周围一片漆黑，此时只有"幽灵古堡"的灯光还在闪烁着。

杯中的酒也已见底，苏雪静静地听完Ame的故事，她心疼这样一个女人，同时也钦佩她的那分勇敢。Ame也喜欢苏雪这样的生活，她打算前往另一座城市重新开始新的生活，与朋友合作去做一件自己喜欢的事情，然而一切并没有她想象得那么简单，她被朋友欺骗了，除了不断地让她掏钱，双方并没有签订任何合作协议。

见此情况，苏雪又怎么可能没有反应，她要阻止这场合作，强烈要求Ame回到重庆，她会帮Ame的。

Ame听了苏雪的建议，回到了这个自己出生的城市。所有的一切，熟悉又陌生，但她决定要留下来了。

半年后，Ame静静地坐在一个院子里，看着自己打造的这个家。房子是租来的，生活却是自己的，她习惯性地点燃了一根香烟，看着外面淅淅沥沥的雨。下雨的时候天气是感伤的，也是清新的。

她打了一个喷嚏，天凉了，身上的吊带裙穿着有些凉，她摸了摸发凉的肩膀，上面已经爬满了鸡皮疙瘩，她抱紧了自己的身体，起身，走向屋内。

抽屉里有一叠厚厚的机票、车票，这一切都与另一座城市、另一个男人有关，亦是她正在经历的爱情。

那天嘉陵江涨水，差一点点就要淹没了她的院子，生意也特别冷清。此时的Ame一个人躺在沙发上摆弄着手机，发丝垂落，一条吊带裙很贴身地覆盖在她身上。

手指在手机上滑动着，她喜欢逛豆瓣App，去看看上面的新鲜事物，也是打发无聊的消遣，现在这个地方就是她生活的全部了，没有别的，只是因为中了爱情的毒，除了爱情谁都不嫁。

和往常一样，她随意加入了一个群，这是一个“时差群”，群里的大部分人都身在国外，但都是中国人。

打发无聊，一定要是最轻松、最自然的状态，里面谁也不认识谁，单凭言语就可以称量天下一般。很快，Ame成了群里的大红人，一大群人围着她转，唯有一个人一直沉默着。正因为他的沉默，Ame建立新群的时候，注意到他也被谁拉了进来。他在豆瓣的ID名叫“毛孩子”。

“这么不爱说话的人，进群来干什么？摆着好看吗？”Ame的脑子里过滤了一下，又很快转变了态度，“新群，人多热闹”。

就在这时，Ame突然问起他：“你什么时候进老群的？”

“毛孩子”说的时间正好也是Ame进群的时间，相差几秒。原来都是两个新人，Ame也不打算欺负他了，毕竟，他还那么小，只有二十三岁。

忙碌之后，Ame每天没事儿就会在群里发几句：“哎，有没有玩游戏的？走，一起。”很快，“毛孩子”说：“我，等我一会儿，我刚回到国内，可以陪你玩。”

游戏里两个人搭配得特别好，任务都一起完成，时间就在一起玩游戏中悄然流逝。两个月了，Ame对“毛孩子”一点儿也不了解，也许是她根本就不想了解，打发一下无聊的时间就好。

突然有一天，“毛孩子”说：“Ame，你信不信我喜欢你？”

Ame惊呆了，“小孩子”的话能信吗？她该怎么回答呢？她的心里好像又有某种东西在怂恿自己，又好像跳动了几下，有什么东西在里面乱蹿。这应该不是什么“心动”吧，肯定不是，她坚信。

“好啦！逗你的，其实我是个演员。”“毛孩子”因为怕尴尬，给自己编了一个演员的身份，他说的话就是戏言，戏言又怎么能信？

Ame这些天特别忙，有好些朋友来看望她，但她时不时还会点开游戏，她似乎在期待着什么。有好几天，“毛孩子”都没有出现在游戏里，那时候正好是过年，Ame一个人在重庆，她不敢回父母家，因为家人并不知道她离婚了。

新年期间，这条街道特别冷清，即便四处都挂着灯笼。家家户户张灯结彩，欢乐的团聚声、嬉笑声，没有一种声音不让Ame想念。目前她待的地方离家仅一百多公里，她想妈妈、爸爸，想一家人坐在一起欢聚的样子。

她披了件衣裳，走在古镇的街道上，所有的门都紧闭着，这种热闹是不被打扰的，仅关乎一个家庭的团聚。她是被抛弃的，也可以说她把自己封闭了起来，她不想在新年的时候，让离婚成为父母的话题，还有那些头痛欲裂的烦恼。

她掏出手机给爸妈发了一条新年的祝福，同时告知他们，自己现在很好。

没有人愿意骗自己，就像她现在一样，她又想起了那个“毛孩子”，想起了他的那句“玩笑”话。

“毛孩子”最近都没上线，Ame开始觉得少了些什么，一起玩了两个多月游戏，每天“毛孩子”都会陪着她打发时间，现在“毛孩子”好像消失了。Ame再次进入游戏，又很快退了出来，她开始有了一点儿惆怅，想要写点儿什么。“有些感情只能是个遗憾，我们应该在适当的年纪喜欢适当的人。”这是Ame在豆瓣日记中发的第一篇文字，就简单的一行字，配了一张图片。

有些人，你原本认为这辈子都不会有交集的，突然就变得重要起来，转变的过程并没有那么重要。有人自带着抗体，因为恋爱会让人变得愚蠢、多疑、空虚、落寞，会让一个人住进深邃狭窄的井底，唯有漫无止境的黑夜，顶端微弱的光芒几乎遥不可触。

“你真不打算理我了？新年快乐！”“毛孩子”发来了信息，这是她新年收到的第一条祝福，除此之外，空气都是冰冷的。

“你为什么不想我，不喜欢我？你刚才在豆瓣上发的那段话是写给我看的吗？你是不是喜欢我？什么时候喜欢的？”一大串的问题都是“毛孩子”问的。Ame三十几岁了，面对自己喜欢的人她觉得是件难为情的事情，这是一种面对喜欢的人名为“紧张”的病症。

谁知道那几天她都做了些什么。她去翻阅有关他的一切，一个男孩子丢了一句“我喜欢你”，然后就说自己是演员，随后消失，这所有的一切就像伎俩一般，又像小孩子爱玩的游戏——“你猜，你猜，你猜猜猜”。

这种感觉就像一个人在沙漠里干渴而没有水喝的时候，突然有一个人给了你喝不尽的水一般。是的，Ame是喜欢他的，不然这个时候他发来的信息也不会让她内心如此愉悦，她抱紧了自己，风吹得呼呼作响。

Ame说自己再也不相信爱情了，却又好像一直在等着某一个人，一个让她觉得自己还没有彻底干枯的人。

“Ame，那天的话是真的。”

“什么话?”

“我喜欢你。”

“嗯，其实，我一直在等你说这句话。”

两个人就在新年期间相互传达着爱意，“喜欢你”，“我喜欢你”，“我也喜欢你，我一直在等你先开口而已”……如果爱一个人，不可能凭空去想象对方，两个人在不同的城市，重庆和武汉。Ame想要站在他的面前，真实地拥抱、亲吻……只有这样以后的想念才会实际而丰满，而不只是一场网恋，各自对着手机、电脑说：“我想你了，来，我们接吻吧。”这对Ame而言是不现实的。

想要见一个人一定要有合适的理由。“明天就是白色情人节，来武汉一起过吧！”以前除了七月初七、二月十四日，谁还知道什么白色、紫色情人节，也只有“毛孩子”这样的男孩才如此关心这些不一样的日子，好像每一个月都有情人节似的。

“好，明天见，每次我想要等的都会等到。”Ame对着电脑敲打着，有种想立马就到武汉的急迫心情。

“等什么?”

“等你开口，等你说‘需要我’，等你说‘要见我’。”

“行，为了你，我愿意主动，又不掉皮。”

八百多公里，一个多小时的飞机行程，又好像几十年，Ame是紧张的，内心有各种羞涩，还有丝丝不安，毕竟他才二十三岁，是名飞行员，来自军人家庭。她呢？三十几岁了，结过婚，没有钱，只有一个属于自己的小店。

武汉的三月极其漂亮，机场里所有的人都好像在微笑，都在迎接她的到来。

走出机场时，“毛孩子”大老远就发现了她。

“嘿，Ame，我在你上面呢？”

Ame朝四周看了看，“上面”，她又抬了抬头，一张大脸像大饼一样要掉下来：“你怎么在上面呢？下来啊！”

“这样才可以早早看到你嘛，我丢个东西下来，你接住哦。”

“啊！不会是你吧，我接不了。”

一束鲜花从Ame的头上落下，她还没来得及嗅闻花香，一个有力的拥抱再次将她环绕：“好想你。”

酒店里，两个人相互掏出了礼物，“毛孩子”说道：“来，给你，墨镜、巧克力。”

“来，给你。”说着Ame将吻送了过去，又顺手掏出一台很酷的笔记本电脑。

“毛孩子”是腼腆的，紧张得一直抽着烟，这一个吻正好将他呛住了，活生生地将烟雾吞了进去，淡淡的烟雾从两个人的吻中喷了出来。

他紧紧将她搂在怀里，嘛嘴说：“好软啊！”

Ame的内心就像第一次被猫抓住的老鼠而不知道它会如何下口般，紧张而期待他从哪里开始“啃噬”自己。空气里充满了荷尔蒙的味道，那一刻的世界里只有彼此两个人，终于真实感觉到了彼此的存在，从额头到脚趾都是真实的，从里到外都散发着深深的渴望，身体是用来相爱的，因为每一次耳鬓厮磨都是爱的证据，那个夜晚他们很晚才睡。

醒来的时候，她背对着他，转过身的时候才发现，他一直盯着她。

“你看了多久了？为什么不叫醒我？”

“想让你多睡一会儿。”

“毛孩子”的身体是温暖柔软的，就跟暖宝宝一样。

“暖宝宝。”

“啥？”

“以后就叫你暖宝宝，暖宝宝，下次你睡醒先叫我，叫醒我的意识或身体都可以，我想跟你在一起的每一秒都是同步的。”

Ame躺在他的怀里，翻看着他的微博，恰好翻到了他生日那天。

一句：“说好的糖糖呢。”

一段关于星座的文字：“可不可以不要欺骗天蝎座的人？天蝎座的人很容易相信别人，特别是对在乎的人，如果你不能保证给天蝎座的人实在的，请不要轻易对天蝎座的人许下承诺，不要在答应要买糖给他们吃之后却一直没动作，天蝎座的人虽然表面上不会说什么，但其实他们会很受伤，他们只是不想说出来让你觉得愧疚罢了。”

一张小猩猩的图片，让Ame揉了揉眼睛，她不敢相信。这一切是不是太巧了，那时候他们谁也不知道后来会在茫茫人海中相遇。

Ame有个小名叫“糖糖”，脖子上的文身就是小猩猩。

“你这条微博是为我而发的？你看到了我脖子上的小猩猩？你知道我的小名叫糖糖？”Ame激动地说着。

“不知道，文身我看到了，没想那么多，你翻的是我生日那天发的微博吗？那可是我的愿望。”

“不可能有这么巧合，这简直太神奇了，‘说好的糖糖呢’，糖糖现在就在你的怀里。”

"是的，在我怀里，我在等你，我的糖糖。"

接着又是一场缠绵，仿佛永无止境。

那时候"毛孩子"还没有正式当上机长，有空闲时间陪伴Ame，但Ame却不可以将店关得太久，所以只能短暂地住上两天，但他们约定好，每个月要见一次，她去他待的城市。

Ame从没失约，每一个月都会去一次。

"毛孩子"喜欢听民谣，有一次聊天，他突然说："我心中的野马叫糖糖，我的内心就是草原。"说完自己就哈哈大笑了起来。

那天"毛孩子"买了新车，开着车去机场接她，车上还有另一个男孩，是"毛孩子"的同事，长得比"毛孩子"帅气，三个人去了一家火锅店。

吃饭的时候，"毛孩子"的朋友总是不断地给Ame夹菜，这让两个人都尴尬了起来。这顿饭吃得不如以前那么愉快，三个人很快就吃完了。

五月的武汉依旧是美丽的，三个人站在门口告别，"毛孩子"的朋友离开了。

Ame盯了盯"毛孩子"说："你朋友是不是脑子有病？"

"可能是，他可能喜欢你。"

"他不知道我是你的女朋友吗？"

"毛孩子"停顿了片刻："是的，你是我的。"说着就是一个深深的吻，并用力地咬了下去。吻的时间特别长，长到已经忘记了还没有结账，老板也礼貌地一直等待着，没有去打扰他们。

"老板，不好意思，刚才有点儿……"

"哎，没事儿，我也年轻过。"

两个人上车后依旧牵着手，一刻都不想松开，买菜牵手，坐电梯牵手，看电影牵手，一场一个半小时的电影，也可以一直不松开。这一次相聚很短暂，第二天"毛孩子"就要去广州培训，时间很长，会很忙很忙。后来,也不知道为什么突然两人很少联系了。他没有再每日向Ame问候,甚至足足两天没有联系。

“为什么这两天不理我?”

“因为要飞了,我怕自己飞不好,有压力。”

“你可以的,你要相信自己。”

“Ame,家里给我介绍相亲对象了。”

“那你是怎么想的?”

“你也知道,我出生在军人家庭,家里希望我可以找一个门当户对的,我感觉自己陷得太深了,我想要过正常的生活,我们不可能有结果的,我们的年龄、经历,我们……”

“毛孩子”始终没有说出“分手”两个字。

冷战十几天后,Ame还是去了他的城市,开门的一瞬间她就扑了上去拥抱着他,目光交织着,两个人依旧疯狂亲吻,没有争吵,只有开心。“毛孩子”从来不会大声对她说一句话,每次飞行完后就去酒店找Ame,害怕被家里人发现,他只能一直住在酒店中。

每次要分别的前天夜里,两个人便会用尽所有的力气,相互给予。夜里,“毛孩子”会莫名哭醒,然后抱着她:“你不要走,你不要走。”然而Ame总是要离开的,他也还要继续飞行。

重庆—武汉,Ame已经来回飞了六十次,两年半了。

“毛孩子”不喜欢她化妆,裙子不能短过膝盖,吊带每次都是“毛孩子”用手往上拉,生怕掉了下来。

“Ame,明天我要去相亲了,这一次我不能再拒绝父母了。”这是她第六十二次到达武汉后听到的话。

“哦,好啊！我一会儿就买机票,明早离开。”

这一次两个人没有像以往那样开心。“Ame,戒指送给你,在国外买的,我用挣得的第一笔钱给你买的戒指,也许我不能给你未来,但我爱的是你，请你相信我，对不起。”说完“毛孩子”就走了，留下Ame一个人坐在机场，此时空气中的味道是呛人的。

刚下飞机，听到的竟是这样一句话，没有拥抱，只有赤裸裸的现实。

此后有一个多月，他们没有见面，但是“毛孩子”依然会不断地安慰她。

突然有一天，“毛孩子”说：“我跟她不合适，分手了。”

Ame什么也没说，订了机票，说：“等我。”

虽然发生了那么多的事情，但见面始终如初，跟什么都没有发生过一样，“毛孩子”一直说自己是个自私的人，他会选择生活，而不是爱情，他现在只是欲罢不能而已。

Ame相信“毛孩子”是爱她的，所以她一直等待着。

然而那一夜，酒店的门虽然一直开着，却始终没有一个人进来。

她将自己一个人关在酒店里，足足三天，没有吃任何东西。除了烟、水、眼泪，她好像没有了任何东西。她想起了“毛孩子”的那个朋友，和他取得了联系，那次他们睡在了一起，只是为了报复。

“毛孩子”还是走了，选择了他的生活，而不是爱情，听从了父母，将就了人生。微信里他还会时不时给Ame的朋友圈评论、点赞，两个人还会有许多话要说，例如“毛孩子”飞行的时候，她会说：“注意安全。”“毛孩子”会说：“安全到达。”

后来，他真的谈恋爱了，他们再也不相互打扰了。

“从此后我再也不坐飞机了，我害怕，一看到飞机就会想到他，他在我的脑海里从来没有离开过，动车成了我出行的主要工具。”那次她回来后直接去找了苏雪，苏雪是她在这座城市里唯一的朋友。

“有一班飞机，曾为我而停留，但从不曾属于我。两年多，一百二十六张飞机票，完整地放在抽屉里。每一张都是孤单的，我们没有一场旅行。我多想在旅行一次之后，我们再分手，可是我等了两年多，等来的却是，他恋爱了，我又回到了原点。"Ame又抽了很多支烟后说道。

她带来了那些机票，心里塞满了疼痛，她究竟为了什么，留下这些又有何意义？她点燃了一张机票，又一张机票，再一张机票，一张又一张机票就这样被火烧化，亦如当初她飞蛾扑火，而今都已成为灰烬。

是的，一切都该结束了，她不求他会回心转意，因为他放弃了她，也不求他们重新在一起了。

Ame在新的城市，有了自己的小店，过上了自己想要的日子，这大概就是最好的安排。

然而，有一天，Ame正在院子里浇花，花开正艳，院子里到处都是花香，她享受着眼前的一切，三年了，"毛孩子"还在心尖儿，她知道，这个位置目前没有其他人可以占据。

有时候会突然想起一个人，然后瞬间就遗忘。

总有个什么东西会时不时地扎上一下，疼一下，但很快复原。

"Ame。"一个声音在院子门口出现。

"你怎么来了？"

"我想看看你。"

"你走吧。"

"我可以不走吗？我好想你。"

"不可以，你走！"

说着Ame的眼泪倾泻了出来。

"Ame，我要结婚了。"

"你是想要得到我的祝福吗？"Ame的眼神突然变得犀利了起来。

"我希望你可以原谅我，当初是我太自私、太年轻，现在可不可以再给我一次机会？我不想跟自己不爱的女人结婚，我要的是你。”说着，“毛孩子”再次用力地抱住了她。

“你放手，我们之间不可能了！”Ame心如刀割，以前她是多么享受这个拥抱。

“可能的，你看这个店里的天花板上，挂了那么多飞机，那都是我们的记忆！”

院子里的狗叫了起来，“暖宝宝，过来！”一条阿拉斯加犬摇尾而来。

“它叫暖宝宝？”

“是的！”

“你把你对我的爱称给了一条狗？”

“怎么？你连一条狗都不如呢！”

Ame的日记

总会频繁地奔走在两座城市中，而这两座城市都不属于我，来来回回，沿途的风景，变幻的天气，交替的季节，享受着辛苦而又甜蜜的旅程，只是我采集的是你的雨露，一张张票据凭证，证明我去过你的城市。

我曾深爱着一座与我毫不相关的城市，是你让我爱上了一座城市，有些时候我也会迷茫，希望那座城市就是我的家，每次与朋友谈起武汉，我都眉飞色舞的。我好像把自己骗了进去，而我知道我只是通过这样的方式淡淡地想起你、怀念你。因为你，那座城市显得辉煌，整个山河都发着光，你就是那赋予我光芒的上帝。

用了很多时间去靠近你，无数次决定离开你，每一次离别都是最后一次，我们的关系脆弱不堪，再见，再也不见了。

第九季

我和四月有个约会

夜色渐深，月华清冷，街道幽静，小巷里时而传来猫的叫声和狗的啸月声，在这清明将至的时节里，空气也会给人以几分踏实和慰藉。苏雪喜欢在半夜码字，寂静的夜给她以一种安宁，这种安宁使她的思绪具有画面感，她能感受到笔下的一切都浮现于眼前。十根手指不停地交换着位置，音乐声被关小了一些，键盘的声响让她感受到了存在感，她最好的朋友就是文字，这是她和文字的秘密。

此时也有一个和苏雪一样没有睡的人——June，她一边喝着咖啡，一边用微信与苏雪聊天，时不时还要看下手机上的时间，神情带有几分焦虑。因为她在等一个人的消息。

June告诉苏雪自己的室友失恋了，特别想见苏雪，今晚就会来。苏雪知道那人一定是June非常要好的朋友，不然她不会到了这个点还在等。尽管苏雪打了一个又一个呵欠，眼睛揉了一次又一次，但她今晚无论多晚都要等到June朋友的到来。

苏雪多次让June问下那个女孩到哪儿了，June说女孩的手机坏了，她从阿坝州过来，快夜里一点了，她到底走到了哪里？

过了好久，June的微信还没有收到回复，苏雪有些担心了，倒不是担心June，她可能是睡着了，但那个说好要来的女孩怎么办呢？毕竟大晚上的，还是女孩一个人来，苏雪只能在自己的好友群里发消息寻求帮助了。意外的是平时早睡的“四月”此时在群里显得格外活跃，这跟以前的她判若两人。她说：“那个人一定会来的，就像当初她说要来一样，无论多晚。”

苏雪在焦急中等待着，以至于她都忘记了今天是一个特殊的日子，一个外来的节日。在这一天中，欺骗你最深的人就是你最好的朋友。但此刻苏雪的心中只有担忧，她抽起了烟，目光从没离开过院门。

就在苏雪起身倒杯热咖啡的时候，突然响起了敲门声，她的心终于踏实了，女孩来了。

门外一片漆黑，院子里的灯已经关了，她很焦急，甚至没有来得及去打开灯，就直接打开了门。门外响起一个“哇”的声音，随后是几个人的声音，苏雪的嘴巴大张了起来，怎么会是他们几个！只听几人齐声喊道：“愚人节快乐！”这个玩笑真的开得太大了，让她没有一点儿防备，此刻的她又是惊讶又是喜悦，他们都是她日夜思念的人，她一直在等他们“回家”，回到这个曾让他们留下甜蜜回忆的“幽灵古堡”。

她推开了“四月”的拥抱，披头散发地站在门前，全身发抖，眼泪“唰唰”地往下落：“你们太过分了，怎么可以这样……等一下，你们让我平息一下，给我一点儿时间，太乱了，这一切。”

苏雪显得手足无措，这个四月一日，居然迎来了她最想见的人，之前“四月”说她有个约会，原本约好的时间可能要延后，而June说的是她朋友要来疗伤，现在却是她出现在苏雪眼前。这到底是演的哪出戏？苏雪还没反应过来，她被她最好的朋友们给愚弄了。然而此刻，她生气是因为自己竟然忘记了今天这个特殊的日子，而更多的是喜悦，他们几个又聚在一起了。

苏雪不由得想起他们相识的过往，那也是从一个夜晚开始的。

June和"四月"的毕业旅行目的地选择了重庆,她们想要住在苏雪这里,但"幽灵古堡"的房间早已预订满了,两个人有些失落,准备就近找个快捷酒店住下。但就在他们准备入住快捷酒店的时候,接到了苏雪的电话。苏雪的一个朋友不能前来,房间也空了出来。

苏雪很快添加了June和"四月"的微信。三个人就在微信上聊了起来,苏雪对待任何房客都是一样,因为她一直坚信所有的相遇都是一分不期而遇的美好。

June和"四月"很像,齐肩的短发,没有妆容,很瘦,她们念同一所高中,又考入了同一所大学,一个是鹅蛋脸,一个是瓜子脸,如果只看背影,没人能区分出她们谁是谁,像一对双胞胎。爱情就是找自己的影子,友情应该亦是,有一个和你很像的人,你是她,她是你。

June和"四月"来的时候,一群人正在喝酒,啃鸡翅,苏雪热情地邀请她们加入。June好像很饿的样子,很难想象那么清瘦的女人,能吃那么多,"四月"则在旁边安静地看着June吃。

这一晚,在苏雪的眼中,她们就如同普通客人一样,没有任何的特别,闲聊中得知她们也画画,做设计,便让苏雪有了更多好感。

早上他们离开的时候,苏雪还在蒙头大睡,醒来的时候收到一条微信,"四月"说:"房间里,留了一封信。"也正因为这封信,苏雪心里知道,这两个人会成为她生命的一部分。那天"四月"走后,在朋友圈发了一个表情包,自己画的。苏雪自来熟地留言道:"我的呢?"

"我都不知道该给你画什么呢?这个是给June的。"

"你随便画就好,要不给我画一只鸭子?"

友情这种关系,有时候跟爱情一样,要有心动的感觉。你要是喜欢就一定要去争取,同样要去付出,要去理解,要去包容,尽管不在同一座城市,也一定要有联系,苏雪和她们就是如此。

苏雪早已经忘记了有一个好朋友会是什么样的感觉。她没有好朋友，尽管每天在她身边的人很多很多。一只黄色的鸭子在白色帆布包上显得那么可爱，红色的嘴唇，黄色的身子，腿也是红色的，这是一幅很简单的画，却让苏雪想要好好珍惜。就在她准备将包挂起来的时候，发现里面还有一张明信片。

亲爱的雪：

最近还好吗？给你画画比较纠结，不知道该给你画什么，最后给你挑了一个最简单的小黄鸭，我希望你永远都能像现在这样简单、快乐地生活下去。

你就是那种做过很了不起的事情却又很谦卑，历经世故还能笑得很天真可爱、温暖纯粹，给人踏实和勇气，阳光下像个孩子，风雨里像个大人一样的好姑娘。

你的努力，时光看得见，终有一天，它会以另一种方式，连本带息地把全部折现给你，你会活成你想要的样子。

好好照顾自己，有一天我们还会再见的！

四月

由于June工作在成都，她来重庆的次数远比“四月”要多，自那一别后，苏雪就再也没有见过“四月”。June和“四月”是两种类型的女孩子。“四月”是那种无论你说什么事情，她都会信的人；June却是那种鬼精灵，她点子特别多，被很多男孩子追，但她从未接受过任何一个。苏雪也替June着急了起来，开始给她介绍对象，这个不行就换下一个，直到把她留在重庆。

然而苏雪给她介绍了两个同样优秀的人，June却无动于衷，说是她要求高又不太贴切，直到那天June再次来到重庆，苏雪带她去山上采花，两个人坐在山坡上，看着对面的高楼，望着脚下的嘉陵江，June才把她的爱情故事娓娓道来。

"严生,你这是干什么呢?今天才开学第一天。"June有些难为情地说道。四周穿梭的同学都用不同的眼神打量着,严生那天的衣着同他的人一样看起来干净、清爽。

"June,三年高中生活真的好辛苦,我不想大学生活还一成不变,所以,我要你做我的女朋友,我知道你也是喜欢我的,'四月'告诉过我。"严生还在继续争取。June的眼睛转移了视线,直勾勾地看着"四月":"'四月',你什么时候学会当叛徒了?"

"当什么叛徒?你的那本语文书里,出现了多少次'严生'这个名字?""四月"的提示让June想起,原来,她真的这么做过,她喜欢严生,所以,每次上语文课的时候,就会莫名写下他的名字,每次看到他在篮球场上帅气的模样,她都会羞涩地择道而行。她知道,她要做的是考大学,而不是恋爱,而且,她也一直没有等到严生的表白,高中三年,就这么过去了。

"June——"严生伸出了自己的右手,示意June将她的手放上去。

"快放啊!June,你这个傻子。""四月"也开始着急了起来。

只见June的眼泪掉了下来,恰好在她将手放在严生手掌上的同时,严生也握紧了她的手说:"从今天起,你就是我的女朋友,这几年,你都是我的。"

"那以后的几十年呢?"June问起。

"是你和'四月'的,是你和我父母的,和你父母的,关键是和我们孩子的。"严生的这番话一点儿也不像是从一个青年口中说出来的,相反,他想得很远,很远,就像他后来出国一样。

两个人的学校虽然在同一座城市,但也还有些距离,严生买了一辆电瓶车,没事儿就往June的学校去。那天正好是June军训回来,好些天没有洗澡了,真的就跟叫花子一样。她洗完澡回到宿舍,发现有一个未接电话,她一边用毛巾擦着湿漉漉的头发,一边坐在窗下的桌子上,按了免提键。

“我刚回来,洗澡去了。”

“你一会儿出去吃饭吧,好好犒劳一下自己。”

June百思不得其解,为什么非要出去吃饭呢? 本来就很累了。

挂完电话,她的脑子里始终在想,严生这是怎么了。突然一个室友走了进来,说道:“你还在吹头发啊,严生在学校门口等你呢!”原来严生是想在学校门口来一场惊喜的遇见,谁知道,他那么明显地站在校门口,早已被人发现。突然发现,他是那么幼稚,但又那么可爱。也许,在恋爱中的每个人都是这样吧。

June和“四月”假装什么都不知道,朝学校门口走去,其实June早已发现了严生,他像个傻子一样站在那里玩手机,“四月”一直偷笑着,June继续一脸发蒙的状态。

“严生,你怎么来了?”June依旧没有笑,若无其事的样子。

“你忘记了,今天是你的生日呢! 有没有很惊喜,这个时候碰见我?”严生一副得意的表情。

“惊喜,太惊喜了。”June的自贡话听起来特别好笑。

“这也太敷衍了吧,先带你去一个地方,‘四月’一起来吧,见证一下。”

“严生,你这是有什么大动作吗? 还要见证,我才不去呢。对我家June好一点儿,不然……”

“不然什么?”

“不然不理你了。”这就是“四月”,一个典型的邻家女孩,她自认为会吓着对方,殊不知她那温柔的腔调,只添加了几分俏皮。

成都九月的天气依然有些闷热,June穿着一条墨绿色吊带裙,长发披肩,头发散落在严生的后背上,严生骑着电瓶车,两个人就像自由的小鸟一样飞翔了起来。严生是个浪漫的男人,骑车也不忘记要歌唱。

我想带你骑单车，
我想和你看棒球，
想这样没担忧，唱着歌，一直走。
想简简单单爱。
……

“严生，你怎么乱串歌词？”June也会唱这首歌。

“没有啊，歌词嘛，经典的也就那几句，精华都给你了，你还要怎样，再往前骑一点儿就到了。”

四周没有高楼矗立，这里看起来像是一个废弃的厂区。厂区里会有什么呢？June心里暗自猜想着。

“June，要不要把眼睛闭上？把手给我，不许睁开哦。”

“好。”

当June睁开双眼的时候，眼前是一片花的海洋，这种废弃的地方居然会生长出这么多的花，各种各样的。

“June，生日快乐！买不到你喜欢的非洲菊，这里的花，你想摘哪朵摘哪朵！”

June很能沉住气，她走向花海，蹲下身子，用鼻子去嗅花的味道。她喜欢这种自然生长的野花，格桑花、野菊花……黄色的、粉色的、紫色的、橙色的……

“严生，这花谁种的啊？”她这才反应过来，这一幕也太不可思议了，不可能莫名就长出这么多的花啊！

“我哪知道，这不都是野花？”

June采了许多，给“四月”也采了些，她想要把这份生日礼物分享给自己的闺蜜，传递她的幸福。

严生一直都这样，做每一件事情都怀着美好的期待，他好像很了解女孩子需要什么。但他的这些浪漫与贴心，只会给June，就像那个寒冬的夜晚，他约了June看电影，骑车去她的学校，寒风在耳边“嗖嗖”地穿过，他冷得直打哆嗦，风好像在跳舞，一会儿左边，一会儿右边，又好像在唱歌，呼啸着，怒吼着，很猖狂，很放肆，好像有千军万马，浩浩荡荡。

June此刻早在学校门口等着了，直到车灯照着她，她知道严生来了。

“为什么不等我到了再出来?”严生说话的时候，嘴里一直冒着白气。

“怕你等久了，本来就那么冷，所以提前出来了。”

“冷吧？先上车。”

严生脱下身上的羽绒服：“穿上！不许说‘不’。”随后，他打开了电瓶车后面的盒子，从里面取出一个热水袋，递到June的眼前。

“还是热的，你抱着，这天太冷了。”

June捧着这个有温度的热水袋，眼泪被吹在风中，又滑落在严生的衣服上，随着冷空气一起滴落，就像他们的爱情悄无声息。

大二下学期，严生走了，他没有选择地离开了，去了墨尔本。

June真的以为严生会一直陪伴她，但时间却停在了那天。

她清楚地记得去严生学校找他的时候，严生穿着球衣、短裤，他的手放在另一个女孩的腰上。她没有打招呼，悄悄地躲在角落里，蹲在地上，一直哭。后来她没有直接回学校，“四月”一直给她打电话，她早已将手机关闭，一个人去了酒吧，将身上所有的钱都花光，然后开机给“四月”打电话。

“快来救我，我要死了——”June结巴地说着。

“你在哪儿？你怎么跑去酒吧了？我马上去找你，你等我，千万别乱跑。”

“四月”赶到酒吧的时候，June趴在桌上，还在喝。

“还喝！你还要不要命了？”“四月”说完，从June手中夺过酒杯，用力地往地上一摔，这是“四月”第一次向June发火，一向温婉的她，从未想过自己在此刻竟然会如此气愤。

“‘四月’，你赔我酒。”

“你能喝多少，我陪你。”

“服务员，开酒，你说陪我喝，今天——嗯——我们不醉不归，来，干杯，严生。”June真的醉了，嘴里一直叨念着严生。

“严生，说好的陪伴，说好的我们的孩子，什么都说好的，可是现在，现在你搂着其他女人，你不爱我，你不爱我！”

“June，严生打电话来了。”

“他还好意思打电话来，真是好笑！‘四月’，从今天开始，我June和严生没有任何关系，来，喝！”严生是June的初恋，她想到了严生的那双手，她觉得恶心，牵过她的手居然又去搂其他女人的腰。

早上醒来的时候，June好像“断片”了，手机上有几十个未接来电，都是严生的，她按了一下删除，再前往电话簿，删除了一个叫严生的男人的电话号码。

“‘四月’，好饿啊！我的钱昨晚喝酒喝光了。”这是她给“四月”发的短信。

“早餐在桌子上呢，早给你买好了，你休息一会儿，反正今天没什么课，还有，严生一直给我打电话，我该怎么办？”

“告诉他，我死了！”

June的脸看起来那么苍白，原本瘦小的她裹了一件很大的T恤，穿着一双凉拖鞋，走路的时候步子很轻，没有一丝声音。她对着洗手间的镜子，看着镜中憔悴的脸，再一次哭了。

她想去一个地方，去看看那片花海。

然而当出租车到达目的地的时候，那片废墟还存在，上面却没有开出任何的花来，她又哭了，她想起了那天和严生一起看到的花海。现在，这里的废墟早已没有了花香，有的只是腐烂的味道，还有那些垃圾发出来的臭味。

严生的电话号码被拉进了黑名单，严生在学校门口再也没有碰到过June或“四月”，这两姐妹好像真的消失了一样。其实她们一直在学校，但为了不碰见严生，连生活用品都让室友帮忙买。这样的日子持续了几个月，June的状态也恢复了很多，她绝不容许自己被一个男人打倒，所以，她全身心地投入了学习当中。

那天雨下得特别大，严生这个人就像这场雨一样，来得很快，去得也很快。June和“四月”想要出去吃点儿什么的时候，学校的保安叫住了她：“你有一个包裹。”两个人都诧异地看了看对方。

这是一个跨国包裹，它来自墨尔本。

这熟悉的字迹一点儿都没有变，每一个字都那么铿锵有力。

亲爱的June：

我努力地去找你了，也不知道发生了什么，你一直躲着我，但不管发生了什么，请你一定要等我。因为父母的原因，我陪同他们一起来了墨尔本。我很想念你，里面有一张我在墨尔本的照片。现在我在这里读大学，但这里的天气很糟糕，我好想陪你一起坐在南半球最大的观景摩天轮上，也想带你去博物馆，陪你一起去看海鸥，散步在小镇街头，还想陪你坐在蒸汽小火车上，一起度过我们的快乐时光。可是现在，我却找不到你了。

离开的那天，你依旧将我的电话号码设定在黑名单，我哭了，那是我这么多年来第一次哭，我不舍，我想要一个答案。

但我知道，你不会给我这个答案，只要是你不想的事情，没有任何一个人可以左右你。对了,“四月”还好吧,要是没有她在你的身边,我真的不知道我有什么理由可以离开你。

记得,你要等我回来,念完大学。

爱你的严生

原来严生走了,不然怎么会碰不见,不然怎么会那么安静。严生的包裹里有一本厚厚的相册,上面全是June,笑的时候,调皮的时候,还有消瘦的背影,最后一页是严生一个人坐在摩天轮上,脸上没有微笑,他摊开了右手,就像那年在学校门口。

大学青春匆匆而过,像一本仓促的书,掠过了一页一页的年华,翻过了青葱岁月。梦里阳光灿烂,而此刻却阴雨绵绵,纷纷扬扬地不断飘零,像那些发生的故事,轰轰烈烈开始,又悄无声息地道别。June和“四月”没有说一句话,只是默默地往前走,这次June没有哭,她的痛再一次被活生生地扯了出来,再用刀尽情地搅拌,那疼痛,“四月”懂,June在感受。

原来,June遭遇了这样一段爱情,她又怎么可能不去等那个男人。哪怕是问清楚,那天那个女孩子到底是谁,严生为什么要搂着她的腰,哪怕严生已经在国外有了自己的恋人。但这一切好像都只是缺少了一个明确的交代,而不是像这样子默不作声地疏离。

June说,她想都没想过这辈子还会喜欢上其他人,除了严生,她习惯了他的存在,他替她洗被套,替她洗干净灰扑扑的小白鞋,他知道她喜欢什么,不喜欢什么。

苏雪回忆完他们相识的点点滴滴,不由心生感慨。她转眼看见了一个陌生的男生,于是问道:“他是?”

“四月”回头看看男生,俏皮地对苏雪眨眨眼,说道:“他啊,他是June的真命天子啊!”

原来就在愚人节的前一天，June发了一条朋友圈，说："我想吃榴梿了。"没过多久，一条信息发送了过来："你的外卖已到学校门口。"这是严生的微信，她已经忘记了什么时候对他开放了朋友圈。

June抱着榴梿，内心如同榴梿一样沉甸甸的，里面散发的味道让她恨不得马上一口咬下去，但精致的她怎么容许自己那样狼吞虎咽，她洗净水果盘，剥开，取出，一块块金黄色的果肉堆积在盘子里，像她的心情。

于是他们决定马上来苏雪这里，正好给苏雪来一次"惊吓"。于是"四月"来了，June来了，严生也来了。

苏雪兴奋地跑进房间把还没睡的陈冉给拉了起来。

"客人来了？这么高兴。"陈冉一边玩着手机，一边和苏雪说道。

苏雪像只快乐的小鸟，催促着陈冉快快起来。

"来了，June和'四月'来了，是不是很惊喜？而且那个严生也来了，你快点儿起来，我要去开几瓶酒，我要庆祝一下这个不一样的愚人节。"苏雪的开心是混合在眼泪里的，她知道，这一场约会她等了太久，她知道，这几个人的故事，刚刚还在她的笔下。

几个人怎么舍得错过这样一个来一张合影的机会，苏雪拿出了三脚架，将手机架在上面："我们自拍吧。"笑容那么甜，就好像所有的故事都没有发生过一样。喝酒的时候，苏雪突然问起："严生，那个女孩是谁啊！"没想到June大笑了起来，"四月"也笑了，严生故作镇定了一下，也浅浅一笑。

"那个女孩？你问June啊！"严生继续端着自己的酒杯，好像跟他没有任何关系一样。

"June，快说一下，让我八卦八卦。"苏雪太想知道答案了，毕竟严生突然出现在这里，里面肯定有精彩的故事。

“那个女孩喜欢严生，然后故意在他面前摔倒，结果就有了当初我看到的那一幕。”June有些得意地说道。

苏雪起身调试了灯光，她想要暗一些，更有氛围，其实她是怕自己落泪，她看到了June坚持的等待，以及这段感情中两个人之间的信任。June完全可以在严生离开的一年多时间里重新接受一个人，严生在国外又怎么耐住了孤单，忍受着June的冷漠以及消失，他该有多煎熬。

如果说“幽灵古堡”是一个遇见的地方，那么苏雪一定是这里的灵魂。她试图让June和“四月”、孙青、李好成为朋友，她想让这四个女人成为她的伴娘，她想好朋友不需要多，有她们足够了。

此时的严生犹如空气般存在，苏雪也不再关心他和June之间的故事，毕竟他们现在依偎在一起，这样的陪伴比什么都重要。她们三个人接通了视频，五个人在视频里重逢。

关掉视频，她们三个人都是无奈的表情，想起了那次在成都的相聚。

那次是她们五个人仅有的一次重逢，显得百般珍贵。那个晚上她们聊到深夜，不停地喝酒、吃肉，大家都知道这样的时光难得，都舍不得睡，因为第二天即将分别，每个人都要回到自己的城市，继续手里的工作。这么多年了，五个人的合照就只有一张，然而这并不影响她们的感情，虽然又会让人特别怀念。

苏雪很珍惜每一次的相聚时刻，因为都是那么来之不易。

那天还有另一对闺蜜，她们来重庆旅行，苏雪听了她们的故事，泪花一直在眼里打转。那对闺蜜原本是三个人，后来其中一个人患病去世了，剩下她们两个。

不明白人为什么非得在失去的时候才想要珍惜，以前苏雪她们从来没有一起出来旅行过，但这一次，老公可以暂时不管，工作可以请假，无论如何她们只想一起去一个地方。

然而天下无不散的筵席，每次相聚后总会伴着离别。

第二天大家酒醒了，就是分别的时刻。“四月”快要结婚了，于是先回去了。June原本打算多待一天，但后来接到了公司的电话，买了回成都的动车，而严生自然陪着June回去了。最后只剩下苏雪留在露台上，望着他们一个个离开的背影发着呆，昨夜的酒好像还没有完全醒，只有陈冉知道，苏雪沉浸在她的世界中伤感了起来。陈冉摸了摸她的头，将她抱进了怀里：“明天带你去找June。”

次日，苏雪醒来给June发了信息说：“晚上一起吃饭？”

June问苏雪：“来成都了？”苏雪下意识地感觉到了什么，她了解June。“如果你忙，我就不来了。”苏雪再发送了一条信息过去，结果如同苏雪想的一样，June太忙了，连信息都没再回，这顿聚餐也就不了了之了。做设计师的她每天奔波在城市的不同地方，面对的都是方案、选材，苏雪理解她，就像严生理解她一样。

虽然每次相聚后的离别总让苏雪感觉伤感，但她依旧是乐观的，因为在往后的时光里，他们依旧可以相聚。苏雪一直是这么期待的，就如此刻她的期待有了回应。

像所有美好的爱情故事一样，严生准备求婚了。他找苏雪的朋友定制了一枚独特的求婚戒指。

苏雪又快乐地穿梭在策划、筹备、布置等项目中。她是真的感到高兴，不光为了June和严生终于走到了一起，也为自己能在“幽灵古堡”中再添一分甜美的回忆而高兴。

所有的计划都赶不上变化，苏雪还没来得及亲自参与他们的求婚仪式，严生那该死的行为已经破坏了所有的计划。

一向不做家务的June，一天因为猫把尿撒在被子上，自己动手换起了被子。被子里明显有一个方形的盒子。她瞄了一眼坐在沙发上的严生，笑了一下，严生也笑了，原来严生一直把戒指藏在被子里，陪伴着他们度过了很多个夜晚。

这想必是世上最奇葩的求婚。眼见如此，严生单膝下跪，趁热打铁地来了一场求婚告白。这也算是求婚了，June答应了。朋友圈里的照片上，她无名指上的戒指璀璨夺目。

美好的事情都在2018年末发生着，“四月”也传来了消息，她已经拍完了婚纱照，即将迎来婚礼。

苏雪很期待，期待着他们都有一个美满的家，也期待下一次的相聚是在他们的婚礼上。

苏雪给“四月”回了一个消息，只是一段歌词，却表达了此时此刻的心情。

在这晚星月迷蒙，盼再看到你面容；
在这晚思念无穷，心中感觉似没法操纵；
想终有日我面对你，交换我内里情浓；
春风那日会为你跟我重逢吹送；
……

第十季

那个叫孙青的女孩

五月的时候，院子里的黄葛树开始落叶，经常堆得满满一地。每次都让人有种扫不完的感觉，有时候会因为落叶而显得特别美；有时候又让人觉得特别烦躁，尤其是下雨的时候，那些叶子腐烂后让人无法走路。

两个人生活得久了，很多微小的事都会成为吵架的理由。这次苏雪和陈冉又为了院子里的落叶扫不扫而吵了起来。每次一吵架，苏雪就会跑出去散心，这次她想要去找孙青了。那时候，孙青在成都，她们好久没有见过面了。坐在高铁上，她没有一丝睡意，苏雪是故意想要躲开陈冉，只有这样，陈冉才会担心她，去找她。

孙青安排好了一切，去火车站接苏雪，问她想吃些什么，要不要去酒吧喝酒，两个许久没有见面的老友，自然有说不完的话。

这个“冬天”的温暖是孙青带来的，苏雪穿了一双露脚趾的凉鞋，还有单薄的衣服，本来就是“离家出走”，除了一部手机，她什么也没带。一到孙青那儿就倒头睡去，一觉醒来时，苏雪发现床上放了一件灰色卫衣，还有一条黑色打底裤，当然还有袜子，闻起来的味道像是刚从仓库里拿出来的一样。外面不仅刮着大风，还下着大雨，苏雪心里很清楚这些衣物是孙青刚出去买的，尽管吊牌已经被剪了下来。

孙青就是这样一个温暖的女孩，对待任何人都是这样，她只会默默地对别人好，乐观地活着，真诚、善良是她身上可贵的品质。

苏雪好久没有这样享受过了，早上起来有早餐，还有一束雏菊插在窗台那红色的花瓶里，她喜欢这个地方，就和她自己的家一样。这两天她哪儿都没有去，睡觉、画画、发呆，她只想就这样懒散地度过，不用打扫客房，不用陪房客，不用和陈冉争吵。

她起身拍了一张照片，发了朋友圈，以示今天的美好。没过几分钟，孙青突然跑进来说："陈冉给我转账了，让我给你买点儿吃的和穿的，他怎么知道你在这里？"苏雪又怎么知道陈冉的侦查能力会这么强，一束花便知道她在成都，苏雪怕他找来，索性又买了去南京的高铁票，去找"四月"，她要走得远远的。

可她走得再远又能改变什么呢？最终她还是要回到陈冉身边，就像孙青一样，流浪了那么久，终究还是要回到自己的城市。

苏雪和孙青是在尼泊尔的机场里认识的，苏雪怎么也没想到上天会赐给她这样一个宝贝，一个善良而又美好的女孩。那天苏雪穿着一条在尼泊尔买的长裙，长长的头发，留着齐刘海，推着一个红色的行李箱四处观望。

孙青的眼珠特别明亮，长发，清瘦，皮肤很好，笑起来嘴唇显出一道美丽的弧线，牙齿很白，有酒窝，声音很甜美。

"你也抽这个烟？"孙青说完瞪着眼珠子看着苏雪，苏雪感到一股像磁铁一样的能量在将她牵引。苏雪这次出来带了整整一条香烟，生怕到时候买烟时因语言不通而闹笑话，她喜欢一种烟的味道，就如同她在某一个时间段里喜欢一个人那般坚定与执着。

“给你一包。”这一定是两个抽同一个牌子香烟的烟民最直接的沟通方式。

其实,孙青和苏雪的缘分更早的时候就建立了,她们曾因某种联系而互加过微信,只是不曾真正了解彼此。

孙青当时在机场曾因苏雪的服饰与身上散发出来的独有气质而感到惊艳,她也同样欣赏这个女人。虽然她并不知道她们会不会是同一个航班,是不是去同一个地方,但最终重逢在了同一个朋友圈。在离开尼泊尔那天,苏雪发了一条朋友圈,因为那条裙子而被孙青认了出来。

“原来你就是那天那个女人,哈哈——”孙青的话让苏雪感到莫名其妙,如果苏雪没有再穿上那条长裙,她们之间是不是就不会有后续的故事发生了。

回到重庆之后,孙青像个小跟班一样跟着苏雪,苏雪想要什么,她第一时间准时送去。苏雪家的脏衣服、地板,就连内裤,她也会帮忙清洗。她细长的手指,柔弱的身躯,她的温暖都让苏雪无法减少对她的喜爱与珍惜。一直未变的还有她的体重,苏雪从来没有见过她长胖,她就是那种人群中瘦瘦弱弱的女孩,很不容易被发现,但倘若她出现在你身边,那双眼睛总会让人想要窥探一二。

那天在苏雪的家里,孙青做了一个惊人的举动,她说:“姐姐,我有一个秘密。”苏雪半开玩笑地说:“你说,我保证替你守住整个秘密。”说完孙青摘下了自己的右眼,笑着说:“你看。”

苏雪早已记不清自己在一岁多的时候经历了什么,但孙青记得。

那时孙青家条件不错,她的父亲热衷于跳舞,经常见不到人,母亲跑船很少归家,她每天就跟家里请的阿姨做伴。

一岁多是一个什么也不懂的年龄,那时候她正在学走路,对任何东西都充满了好奇。她在屋里跌跌撞撞地走着，差点儿要摔倒时正在削水果的阿姨想把将她扶住，可阿姨早已忘了自己手里那把闪闪发光的刀子。不偏不倚，阿姨手中的刀子就这样刺入了孙青的右眼。

孙青“哇”的一声哭了起来，阿姨急忙将孙青送去了医院。当孙青的父亲赶来的时候，医生也给出了最终的判定，她的右眼虽然保住了，但却患上了青光眼。那时候，孙青的母亲还在船上工作。

都说人的眼睛是心灵的窗户，苏雪的眼睛近视，如果摘下隐形眼镜，她会感到极度没有安全感。而那时孙青还小，也许感受不到自己眼睛的特殊。日子一天天地过去，她开始遭到许多同学的嘲笑与冷落。十三岁时，她休学了，因为必须要前往医院接受治疗。

孙青并不知道自己的右眼会成为什么样，直到十九岁青光眼再次复发，她的眼球有被摘除的可能，她不想要这样的结果，在医院里眼泪都要哭干了。她恳求母亲、医生，还有一直照顾她的姑姑，能不能不要摘除眼球，她不想成为一个残疾人，她是那么爱美的一个女孩。

然而很多事情不是自身可以决定的，如果她不摘除右眼，那么很容易感染另一只眼睛，她也将继续面临剧烈的头痛。她忘记了手术中发生的一切，只知道镜子里，她的右眼不再炯炯有神，她想过自杀，无法接受这么残缺的自己。

二十岁的年龄，如此青春年华，她还没来得及去谈一场恋爱，还没去外面的世界看看，这一切由不得她再去想。姑姑说：“孩子，如果以后有人嫌弃你，姑姑会照顾你一辈子。”于是，孙青变得不那么害怕了，她在医院想了好几夜，不能就这样轻生，她要用一只眼睛去看世界，开始自己的人生旅程。

两年时间，她去了很多地方，没有人知道她的故事，也没有人笑话她的眼睛，她开朗的性格让身边所有人都喜爱。她去了西藏、云南、上海、江苏、内蒙古……她将自己的一切交给了世界。她爱走在路上的自己，爱那个笑若春风又勇敢的自己，她说："说走就走，是人生最华美的奢侈，最灿烂的自由。"

一缕灵魂漂泊久了之后，是孤独的，也是充满渴望的，她已经二十二岁了，因为从小缺少父母的陪伴，她特别想要有一个家，哪怕她不懂得什么是爱情，哪怕那个人一无所有，没有求婚、没有婚礼、没有房子、没有朋友的祝福，亦没有家人的存在。

命运总是捉弄她，孙青结婚了，真的是和一个一无所有的男人。然而命运的捉弄只是个开始，就在他们领证的那天，那个男人因帮朋友倒卖赃物被抓了。

既然选择了，就得一往无前地走下去，孙青没有嫌弃男人，一直等到男人出狱。然而孙青没有想到，她等来的竟然是莫大的侮辱，男人出狱后开始笑话她是个"独眼龙"，男人的家里不认可她，嫌弃她。她想不通的是，既然嫌弃她，当初为何还要和她去领证，难道婚约就那么廉价？她等他出狱，等来的却是一张赤裸裸的离婚证。

离婚对孙青而言是重获自由，她怎么可能被这个男人打倒，她知道这个男人不配拥有她的爱情。她要继续去流浪，做那个自由的自己。

她知道未来的路会更美好，自己要闪闪发光。她要在二十二岁的时候去丰富自己，除了旅行，还要学习。她不要再成为笑话，别人唾弃的眼神反而让她振作，她不再逃避，而是迎难而上。

遇见苏雪的那年，她也遇见了另一个男人，那时候的她二十七岁，她没有因为离婚而自卑，坦然地去面对这个男人，并接受了他的追求。

孙青好像一直都是一个人，一个人吃饭，一个人旅行。在姑姑给她买的那套房子里，她依旧很少见到她那热爱跳舞的父亲，还有再次热恋的母亲。她的父母早已离婚了，在她什么都不懂的年纪里。

圣诞节那天，哈尔滨的气温降到了零下四十几度，男人对她展开了疯狂的追求。当天雪下得很大，天地间变得白茫茫一片，男人在酒店的大堂地毯上铺满了一条不一样的路——堆满了艳丽的玫瑰花与蜡烛。酒店的保安通知孙青下楼，电梯门一打开，孙青的心跳动得让整个身体在暖气开得很足的大堂里发起了抖。她不知道会有这样的一刻在等着她，也不知道这样的浪漫是属于她的，她慢慢地优雅地走在地毯上，那些盛开的玫瑰如同她怒放的心扉。

很快，她怀孕了，对于在单亲家庭长大的她而言，她不愿意去扼杀自己腹中柔软的小生命，哪怕这个时候她发现了男人的出轨，但还是选择了原谅。哪怕她第一时间告诉了苏雪，遭到了苏雪的反对，也顾不了那么多，她只想要给自己一个念想，如同多年前那个男人一样，没有婚礼，没有婚纱，只有一个红色的本子，她再次结婚了。

怀孕八个月的时候，她以为男人会有所改变，没想到男人再次出轨了，大闹之后，她躺在了手术室，平安地生下了一个男孩。

苏雪告诉过她："如果一个男人出轨，那么在接下来的时间里，他终将会依旧，这是一个人的三观问题，偷腥的男人不可能有自爱的那一天。他已经习惯了那种'偷'的滋味，他喜欢尝试不一样的女人带来的不一样的感觉，他是用下半身思考的。"

孩子出生了，男孩很可爱。孙青做了母亲，她很爱儿子，决心要给孩子最好的陪伴与呵护，绝不容许她的经历再发生在孩子身上。

然而她是这么想的，可男人呢？再次出轨时，"偷腥"了好久才被孙青发现，男人与自己发小的闺蜜好上了。孙青还记得她们见过，那个女人叫过她"嫂子"。

孙青自己都不知道为什么那么容易妥协，她再一次原谅了这个向她下跪的男人，男人"真诚"地道歉，发誓以后绝对不会再发生这样的事情，但在孩子十个月大的时候又发生了出轨事件。

那时候孙青再次怀孕了，她一个人去医院做了人工流产手术。男人当时经营着一家摄影工作室，说自己很忙碌。孙青原本最不想做的事情，现在做起来连自己也不敢相信，她自责、难受，一个人在家中哭得歇斯底里。

男人的电话打不通，他已经两天没有回家了，男人的家人也找不到他，打算要报警的时候，才发现原来他和另一个女人一直待在酒店里，是男人的姐姐告诉了孙青实情。

孙青再也压抑不住了，她要解脱，她要离开，手术后的第三天，她搬出了那个家。男人没有找她，更没有道歉，他的出轨就如同苏雪说的那样，成了习惯。

孙青始终没有办法不去想念孩子，这时候的她在跟着男人的姐姐学习做纹绣，她将所有精力都倾注于自己的学习中。兴许是男人的姐姐希望两个人还可以继续在一起，不为别的，就因为孩子，孙青和男人被安排在了他姐姐家的同一个房间里。

男人时不时会主动找孙青说话，两个人住在同一个房间，但不睡同一张床，孙青没办法让这样一个男人触碰自己。冷战一个多月后，男人很主动地将孙青的行李搬回了家，这兴许比道歉、保证来得更直接，让一个女人没有办法拒绝，尤其对孙青而言。

回家后的孙青变了，她一心扑在学习上，对于男人什么时候回家，去了哪儿，一点儿也不关心。都说本性难移，一个总是偷腥的男人的承诺真的就像放屁一样。孙青以为这个男人真的改变了，她一直在挣扎要不要去原谅时，男人的一个朋友主动联系了孙青。就像孙青说的那样，男人的朋友都已经看不下去了，可这个男人还是顽固不化，丝毫没有悔意。

网络上，孙青的男人和一个女孩打得火热，互动亲密，那个女孩才二十岁出头。孙青关注了那个女孩，在女孩子发布的视频里，她看到了自己的男人，两个人一副甜蜜幸福的样子，她提出了离婚。

尽管自己很不舍得孩子，但她现在没有办法给孩子好的生活环境，为了多跟孩子相处，离婚后她依旧选择在成都待了两个月。

男人不许她回重庆，他说："孙青，你回重庆就是抛弃了这个孩子，你再也不是孩子的妈！"

孙青怎么可能听得下这些话，她愤怒起来，他们大吵大骂，甚至动起手来。孙青这么娇弱的身体怎么能经得住男人的拳打脚踢，她蹲坐在冰冷的地板上说："不管你怎么想，怎么说，道德绑架也好，随便你。"

孙青走了，又被男人拽了回来，再一次殴打，直到警察赶到现场，男人的家人也赶过来，才停止。

男人原本应该被拘留，孙青放了他一马，她已经不在乎这些了，尽管全身多处软组织挫伤。孙青很恨这个虚伪的男人。

动手的是这个男人，想要挽留的也是这个男人，孙青想起来都觉得好好笑。

孙青接受了男人五千元的赔偿金，收拾东西，回到了重庆，她再也不想和那个家有任何关联了，尤其是这个虚伪的男人，这个在哈尔滨纷飞大雪里说会爱她一辈子的男人。

孙青回来后第二天就去找了苏雪，她知道苏雪会骂她，从她去了成都嫁给那个男人后，苏雪和她的联系就断了。苏雪有她的方式，她无法去改变一个人的决定，但她可以等，就像孙青这次回来，她会给她一个拥抱，听她的故事，然后告诉她："没事儿，我还在。"

孙青说："我以后再也不会结婚了，只想努力赚钱，为了我自己决定要生下来的小家伙。虽然给不了孩子一个完整的家，但我以后要给孩子留下些什么，我要把自己过好，用自己的乐观和自信去影响孩子。"

孙青感叹自己即将迎来的三十岁，这一切好像才刚开始，她即将再次漂泊，但这一次，她是为了成就更好的自己。她要去韩国进修，考取很多证书，还要开一家工作室，她要让那些被抛弃的女人都找回自己。她遵从一个女人自然的美丽，但同时想要通过自己所学的一切去让一个女人更加精致。

在韩国，孙青每天吃泡面，住青旅，学习的费用很昂贵，她没有向任何人开口借钱，她说要去尝尽生活的酸甜苦辣，那样才能说没有枉度自己的人生。

拿到证书的那天，孙青给苏雪发了张她站在讲台上的照片，苏雪看着笑容依旧灿烂的孙青，心里有一种前所未有的钦佩。

苏雪还记得那天晚上几个人围着火炉聊天，苏雪说无法接受自己某一天残疾的事情。

那晚的风特别大，树叶都在抖动，炉火也很旺，苏雪煮了几瓶啤酒，孙青大笑了起来："哈哈——我觉得没关系，虽然我有残疾，但我觉得生活还是很美好，老天很眷顾我，我有一个健康可爱的儿子，还有我的这些荣誉。"说完，她从包里掏出了那些从韩国带回来的各种证书。

在这一点上，苏雪没有孙青勇敢，她倒了几杯啤酒，灌入自己口中，心中还有什么想说的话，但没有说出来，最后她朝着孙青笑了笑，又看了看孙青的眼睛，围坐火炉的人都心生了某种意志，很顽强地在心里生根发芽。

孙青打开手机，翻出了一段自己写的文字给苏雪看。

结束黑暗轮回的唯一方式是：

不要抱怨父母；

不要抱怨渣男；

不要仇恨小三。

从今天起，

你想过什么样的生活，
你自己去两手两脚创造。
全心全意爱你的孩子，
就像你幼年渴望父母如何爱你一样。
把你曾经缺失的爱都补偿给你的孩子，
你会在爱他的过程中，
变得勇敢，变得强大；
跟他一起完成自己的成长，
让自己变成光，变成暖，
变成爱本身。
这是幸福和幸运唯一的法门，
也是我们此生
来到这个颠沛流离的红尘里，
唯一的意义。

苏雪被这些文字扎得有些心疼，她终究还是不能感受到这个女人变得如此坚强的过程，她终究还是做不到接受自己的残缺，比起这个叫孙青的女孩，她显得那么渺小。

“四月”要结婚了，想让几个人发去对婚礼的祝福，孙青的话语很简单，就是希望她能够幸福，如若不幸福，那她会让“四月”去找寻真正的幸福，不管遭遇些什么，都是一个完美的女人应该去经历的。

至于苏雪，孙青懂，孙青说过：“苏雪还有好多的梦想没有去完成，她不甘于就这样度过自己的人生。”

不知道哪一天，五个人能再次团聚，不知道多年后这段友谊会成为什么样，每个人都在改变，结婚、生子，为梦想，将就人生，每个人都有自己最终的选择。

孙青发了一条朋友圈：“当你老了，走不动了，炉火旁打盹，回忆青春。”

第十一季

薛与梦希

又是一年情人节，大街上热热闹闹，过节的几乎都是那些习惯了西方节日的年轻人，或成双，或结对，男的手里拿着巧克力，女的手里捧着花，在这寒冷的冬天里显得特别甜蜜、温暖。而大多数人都会选择去吃饭，看电影，更热烈一点儿的就会去开个房——寻求刺激是现代年轻人所热衷的，尤其在这最浪漫的日子里。

当然还有一些人会在这样的寒冬里，来到山上的院子，大家围坐在火堆旁，喝茶、画画、摆龙门阵，硬生生把一对情侣间的节日过成了一大帮子人的狂欢。欢声笑语随着火堆里徐徐上升的青烟和干柴被烤得“噼噼啪啪”的，响声一起弥漫在院子里、山尖上。

每年的这一天，苏雪都喜欢和这些朋友们一起过，她固执地认为节日就应该大家一起热热闹闹地过，才有气氛。而今天当他们聊得正欢的时候，来了一对让她感到意外的小情人儿。上次见到他们的时候，是他们刚拍完旅行婚纱照回来。冉梦的手里捧着一大把雏菊——这是苏雪最喜欢的花。这应该是喜悦的分享，毕竟苏雪一直见证着他们的爱情。两个人笑起来是那么甜，仿佛整个世界都能感受到那份爱情的味道。

冉梦声线有些尖，模样清秀，身材姣好。苏雪与她的相识也很特别。那天她意外在丽江的一个书店中翻到了苏雪的那本书，找老板要了苏雪微信，加了好友，两个人很随意地闲聊了一下，互感相见恨晚。一番热聊后，约定在苏雪的“幽灵古堡”里见面。

见面的时间比苏雪预计的来得快，冉梦居然没过几天就出现了，还带来了一个男人，也是重庆的。冉梦踏着欢快的脚步推开门叫了一声“苏雪”。没有丝毫的陌生感，就像来到了一个很久不见的老朋友家里一样。话音刚落，一个穿着时尚的男人跟着进了门，发型是那段时间特别流行的“大背头”，个子不高，眼神漂浮，听说是个摄影师。

两个人参观了一下，喝了杯柠檬水，就牵手离开了。热恋中的人大抵都是如此，即便女子也是——见“色”忘友，只在苏雪的屋子里留下一股恋爱的酸味就离开了。这让苏雪又好气又好笑。但是苏雪理解她，因为苏雪也是这样过来的。

新疆一重庆，对于爱情而言，距离从来都不是问题。当然了，异地恋总有一方是要为另一方有所牺牲的，然而是不是所有的牺牲都会有所回报呢？这个问题没有答案，毕竟人都是自私的，不但需要勇气，还得有持之以恒的毅力。

理想是美好的，现实却给了冉梦一个很响亮的耳光。她怎么也没有想到，有一天自己会大老远地跑来找苏雪。那天下着雨，冉梦一路淋着雨，一路打着电话。

“怎么啦？”苏雪很明显地听出了这个声线的不一样，着急地问道，那时候苏雪和陈冉去朋友家吃完饭，正在开车回家的路上。

“我难受。”这三个字听得让苏雪马上叫陈冉靠边停车。

“在哪儿？我来接你。”苏雪要去找她，哪怕她们只见过一次面。

下雨的天气，有人享受着雨天带来的宁静，有人将泪水和在雨水里，像个傻子一样地看着天空，时而看看湿润的街道。看着那些车来车往，伤尽了脑子，心中只有一个“为什么”。

看到冉梦的时候，她就是那副模样，站在马路对面，然后一个箭步飞奔过来，拉开车门。

“发生了什么？”一个女人在夜里哭泣，一定是背负了很大的委屈，不然怎么会如此歇斯底里。苏雪能理解那种痛彻心扉的感受。

“我先安静一下。”冉梦没有再哭了，而是呆滞地看着这陌生的城市，她勇敢地为爱而来，却又落得在陌生的城市中一个人哭泣。

车子很快回到了山上小院。这一晚，苏雪收留了她。冉梦有些刻意地梳理了情绪，第一时间跑进了洗手间，洗澡，然后裹着浴巾，赤脚走了出来。

“陪我聊会儿吧。”这眼神里充满了渴望，冉梦多想有个人陪着，在这个城市中，除了那个男人，苏雪是她唯一的朋友了。

冉梦盘腿坐在床上，将浴巾披在肩膀处，屋子里的灯光很暗，黑夜里的她眼睛红肿，像凸起的山丘，她不抽烟，也不喝酒，但可以感觉到她整个人都坍塌了，天崩地裂的。

“我跟薛军是在丽江认识的，因为朋友的玩笑，也不知道为什么两个人就凑到一起了，后来他回了重庆，我去了大理，但我知道应该去重庆找他，那是我当时的下一站。”

“然后你就奋不顾身地追来了？现在又怎样了呢？”苏雪虽然听了很多人的故事，自己也是个勇敢的女人，但她一定不会因为一个男人而前往另一座城市，她从来不主动。

“我以为他像我一样勇敢，但事实上他很害怕，有些不能接受我，而且跟他前女友还有些暧昧不清。”说着冉梦又略带了一些抽泣。

苏雪说话向来很直白，了解她的人都不会去计较，不了解她的人，她也不理会：“这不就是你活该吗？谁叫你主动来找他呢？飞蛾扑火是要付出代价的，遇见心疼你的人还好，如果不是，那么最后你只是一堆水和二氧化碳。”苏雪说这话的时候没有想到对方的感受，但这是她内心里最想说的话。

“是啊，可是我都来了，也不能辜负自己，我还年轻。”女人就是很奇怪的动物，这一秒梨花带泪，下一秒又擦泪苦笑。

“年轻虽然是资本，但不能耗费在没有意义的人身上。”苏雪依旧不改初衷地对冉梦说，她不知道这些能不能缓解什么，但她希望这个女人不要耽误了自己。冉梦并不了解这个男人，仅仅在旅行中相识，没有了解，就奔赴而来，这兴许就是所谓的爱情，苏雪的心里也是起伏的。

冉梦是因为苏雪的书才想要接触她的，冉梦说：“你经常在书里提到，不要违背自己的内心。我就是这样做的，就算我现在哭得视线模糊，但我不后悔来了重庆。”

苏雪点了一支烟，起身拉上了窗帘：“这样吧，你晚上就在这里安静地入睡。如果他喜欢你，肯定会来找你。如果他明天没有来，你想回就回去，不想回就待在这里。”

有时候，很多爱情，都在等待，有那么一些小的伎俩，无非就是想要看到那个人是否真的在乎。

次日，雨停了，冉梦的泪也干了。来来往往的客人还是那么多，谁和谁也没有多大的关系，对于冉梦而言更是如此。晚上一大桌人喝酒，冉梦叫了半打啤酒，一个人“咕噜咕噜”地喝了起来，再过几个小时，这一天就结束了，薛军一直没有联系她，她没有关机，也没有拉黑他的电话号码。薛军应该想到了她会去找苏雪，这是她唯一能去的地方，他会不会来找她？冉梦忐忑的心如同酒瓶中的气泡起起伏伏。

冉梦的酒量很差，所以她没有猛灌自己，想要保留一分清醒，她不想醉到错过了薛军出现在她面前的模样，眼睛不停地往门口望着。

薛军出现的时候，所有人都没有开口说话，好像大家都懂得什么一样，他愣愣地站在冉梦身后，摸了摸她有些发烫的脸说："没有喝多吧，我来接你回家。"

就这几个字，听得所有人都"哟呵"了一声。

冉梦没有离开是明智的，她的等待换来了美好的结果，她含着泪继续饮了一口酒。

"来，薛军，坐下来一起喝。"苏雪此时为这个男人能拿出这份担当而开口，如果他没有来，那么这个叫薛军的男人，只能算是一个懦夫，一个被苏雪永久拒之门外的陌生人。好在，他来了，来领她回家了。

"等一下……"薛军挨着敬了一圈酒后，提议离开时，苏雪叫住了他，递给他们各自一张纸："你们在上面写一段话吧，我贴在墙上，有空你们就回来看看，吵架了，就好好想一下今天你们的勇敢选择。"

"因为一个人，爱上一座城。"——冉梦。

"因为一个人，爱上这里。"——薛军。

两个人牵手，她看了他一眼，他也看了她一眼，相互确认了眼神，坚定地走向留言墙，用图钉将留言安置在上面。

都说爱情是两个人的事情，可婚姻呢？那就是两家人的事情。

既然选择了在一起，那些该做的事情也提上了日程。就在冉梦生日那天，她带着薛军去了自己的家乡——新疆。这也是第一次"见家长"。冉梦的家人并不同意他俩在一起，老人家希望冉梦能找一个当地人结婚，而不是嫁到千里之外。谈话结束后，薛军回到房间，心里难过极了。冉梦家人的阻碍，好像天山一样，无法逾越。

薛军一夜未眠，第二日清晨，想要出去调整一下情绪。可由于昨夜下了一整夜的雪，屋外堆了厚厚的积雪，严严实实地把门给封住了。他怎么推都推不开，脸被憋得通红。薛军开始疯了似的踢打，门终于被踹开了。薛军踩在及膝高的雪地里，腿越陷越深，就像他的这份感情一样。周围的空气因为刚下过雪，凛冽而刺鼻，脚下“咯吱咯吱”的声音又如同冉梦家人的言语，让人心慌。

此时的薛军像匹找不到家的野马一样吃力地奔跑在雪地里，每一步都像迈进一个深渊。最后他无力地坐了下来，掏出手机决绝地购买了返回重庆的机票。他的心情很乱，没有勇气再踏进冉梦的家门，也没有办法解决目前的困境。薛军关掉了手机，悄然无声地离开了。

有的人坐飞机是为了体验高空中的飞翔，有的人却感受到前所未有的疲惫、沉重。此刻，薛军正在为一件事而纠结——他的不告而别，是否应该再告知一下冉梦。他思索了半分钟，依旧没有开机。

这趟飞行的时间感觉特别漫长，薛军一直睁着眼，一会儿翻阅杂志，一会儿看看窗外，一会儿扫视飞机上其他人的表情，没有一个人能懂他此时的心情，眼角的泪花擦了又擦。

薛军深刻体会到了冉梦当时一个人在重庆时的心情，那个夜晚冉梦的痛楚，此刻他正遭受着同样的痛楚，痛得他左右为难。

回到自己的城市会不会好受一些？薛军还是害怕打开手机，他一个人待在屋子里，可是屋里的味道是那么熟悉，他无意间就会叫出冉梦的名字，窗台上有他们一起看过的风景，临走时她插在花瓶里的那束花还在开，房间里到处都有冉梦的影子，可他的爱情好像被判了死刑。

薛军已经把自己锁在屋子里几天了，他没有吃任何东西，只喝了一点儿水，抽了很多烟，他想用尼古丁的味道去覆盖冉梦存在过的气息。他做不到自私地让冉梦跟他一起私奔，所以，他只能一个人承受。

薛军要去洗个澡，然后换上一套有色彩的服装，带着相机出去走走。他看了看屋里的陈列，房间里乱得一塌糊涂，没有冉梦，这个家就是一个垃圾堆。

电梯很快到了七楼，薛军的脑海里是之前出门时牵着冉梦的手，带冉梦去吃重庆美食的画面。他说过要带她吃遍重庆的美食，去他的学校……直到电梯停住，他还没有回过神，又好像看见了一个熟悉的身影走进了电梯。也许是他太想念她，不然怎么会把谁都看成冉梦。

薛军想去找苏雪，去看一下他们写下的那些字。他慢悠悠地走向车库，呆了一下，转身按了一下电梯，连同那辆车子，都让他感到害怕，他害怕看到车里摆放的物品，害怕感受到孤寂，害怕又幻想冉梦就在旁边，娇滴滴地叫他："薛军。"

到达苏雪那里的时候，苏雪两口子正在吵架，陈冉口吐烟雾起身说："是你啊，坐吧。"苏雪则没有任何表情地坐在凳子上，面对着电脑，敲打着什么。

"你们在吵架吗？"薛军很自来熟地问起他们。

"吵架这种事情对我们而言就是调情，冉梦没有和你一起来？"陈冉一边说一边准备拉门而出，他要去拳击馆练拳了。

"分手了。"

这三个字，让苏雪惊呆了。她怀疑地问道："少来，你们分手了，我怎么不知道？"

"前几天我跟她回家乡了，她家里反对，你不晓得我当时的那种感受，后来我跑回来了，也不想拖累她。"薛军把发生在新疆的事都告诉了苏雪。

"就这样，你跑回来了？这么一点儿挫折就把你打败了？你也太不像个男人了！"苏雪说话一向如此，就像切西瓜一刀切到底般直接。

"那你觉得我该怎么办？"

"薛军，有的事情是可以争取的，不就是父母的问题？她的父母虽然不希望冉梦嫁得太远，但只要你有足够的本事能照顾她，冉梦的父母肯定还是愿意让自己的孩子如愿，而你还没有努力，就选择了逃跑。"

薛军顿时哑口无言了，好像听懂了些什么，他向走廊走去，再次看了看墙上写的文字，红了眼眶：“苏雪，晚上吃什么？我不想回家。”

“你做啊!”苏雪知道薛军不会做饭，故意这么说，每次都是冉梦做饭，每顿都离不开回锅肉，这是薛军最喜欢吃的。

“你让一个失恋的人下厨，估计菜里都是眼泪，很咸的。”薛军苦笑道。

“吃咸看淡，没事。”苏雪从来不会在嘴皮子上输给谁。直到几个菜上桌了，薛军才想起，原来电饭煲没有按开关，饭还没有煮。

“薛军！”苏雪惊讶地叫了起来。

“啥子？”薛军的表情显得心不在焉。

“冉梦在重庆，你看她的朋友圈。”

薛军的手机好久没有开机了，他又怎么会知道她朋友圈里的动态，他迅速地抢过苏雪的手机，看到冉梦发了几张图片，还有一段文字，图片是在薛军的家里。

“再待一分钟，再把这里看一眼，它曾让我欢喜，它曾让我着迷，再见，重庆。”冉梦的这几句话很明显就是一场告别，薛军顾不了那么多了，打开手机给冉梦打了电话。

“对不起，你拨打的电话已关机……”薛军没有听完手机里的提示音，就在苏雪的小院里消失了，他本应该如此。

只是他的奔跑就和夸父一样，并没有什么用。屋里焕然一新，整洁、干净，还有淡淡的香水味道，这味道是冉梦的。他没有停留，他要改变“夸父”的命运。薛军飞快地跑去车库开车，冉梦应该是去机场了，他要追，不管她在哪里。

这一次，薛军依旧不那么幸运，当天已经没有飞往新疆的航班了。她去了哪里？他再也控制不住了，手握方向盘大哭了起来，这样的兜兜转转快让他发疯了。他不该不打招呼就离开，他应该和她一起去面对、去争取。此时的薛军肠子都悔青了，如果冉梦能回到他的身边，他什么都可以去做。

薛军发了无数条微信给冉梦，内容都只有三个字——我爱你。

就在他继续飞驰在内环高速的时候，信息来了，不是冉梦的，是苏雪的——“冉梦在这里”。苏雪的这条消息让薛军看到了希望，原来他们只是错过了，还好只是错过了，还好她没有走远，还好……

薛军的脑海里幻想着各种与冉梦的见面场景，他要给她一个深情的拥抱，然后吻她，告诉她，不要丢下他，他害怕。

如果冉梦给他一个巴掌，他要笑；如果冉梦不理她，他就哄她，直到她笑。老天这次对他特别好，从机场高速到苏雪那里没有堵车，这简直就像是一个被医生告知不会再怀孕的女人，突然间就怀孕了一样令人喜悦。

薛军直接把车开到了停车位，没有倒车，他太着急了，着急到手机响了，看了一眼是苏雪打来的，就直接挂了。

直到薛军走到大门口，手机依旧在响，接着是短信，然而他没有看，而是调整了一下自己的情绪，一步步走上楼梯，没有加快速度，他刚才那么着急，此刻反而又变得如此缓慢，再次见到冉梦，他的心里是忐忑的。

大门像是特意为他而打开着，沙发上坐的人除了苏雪，还有另一个男人。“冉梦在洗手间，给你打电话你不接，发短信你也不回。”苏雪的表情有些着急，她又不好继续说下去。

“哦，我想你肯定是问我到哪里了，所以没接，也没看。”

“那你现在看一下，不晚。”

薛军怎么也不敢相信自己的眼睛，他揉了又揉，手机屏幕上显示的字眼，让他的眼睛有了疼痛感，他告诉自己：没事儿，这肯定不是真的。冉梦此时正好掀开门帘走了出来，她抿嘴笑了笑说：“你来了。”

薛军并没有因为那条信息而改变自己的初衷，这次不管怎样，他都要努力，尽管那条信息上面清楚地写着："冉梦是带着她男朋友一起来的。"他从来没有和冉梦说过分手，他只是离开了她的家，消失了几天，但并不代表着就要分手。

"薛军，这是我以前跟你提起过的那个男孩。"

冉梦给薛军介绍了身边的男人，四周突然变得很安静，苏雪和陈冉就像在观看一部电影，只差手里捧上一桶爆米花了。

"我知道，就是那个死皮赖脸缠了你几年的人，我是来接你回家的。"薛军还是那么不屑一顾地说着，瞥了几眼那个男人。

"他陪我一起来的重庆，我还有些行李在你家，所以我刚从你家里收拾好后过来，想来看看苏雪两口子。"冉梦好像真的铁了心要离开一样，说得那么肯定。冉梦的话刚落音，那个男人就从沙发上站了起来："你好，我叫高傲，冉梦的未婚夫。"

高傲的自我介绍，冉梦并没有反对。苏雪则是目瞪口呆。薛军呢，他沉默了一会儿，"高傲，未婚夫？呵呵，我是冉梦低调的男朋友！"说着就一个拳头送了过去，正好击中高傲的下巴。

高傲比薛军整整高了一头，而且很健壮，被打了怎么能不还手，他正试图反击，陈冉不再看戏了，一把抓住了两个男人的拳头："要打架请出去打，砸到我家苏雪就不好了，很容易被打坏的。"都什么时候了，陈冉还是这个贱样，也难怪，这种场面，他还能做什么呢？

"薛军，你出来！"冉梦朝门口走去，薛军跟着她出去了。高傲气呼呼地坐了下来，还好没有流鼻血，只是有些疼。

"高傲，你等会儿，我去给你拿点儿冰块敷一下，重庆男人就这德行。兄弟、女人，是重庆男人出手的两大理由。"苏雪想关心一下这个不速之客，她太了解冉梦心里所想的了，如果冉梦想接受这个高傲，早就接受了，她绝不是那种会将就自己爱情的人。

高傲没有回答，静静地坐在沙发上。门外两个人僵持地坐在椅子上，等待着谁先开口。凋零的树叶也开始飞舞，天好像要下雨了，这应该是一场大暴雨。“薛军，我没想过你会一声不响地离开，丢下残局让我一个人收拾。”最后还是冉梦先开口了，但先开口不是不争气，有可能是更想去珍惜。

“我知道错了，一直以来我都没能像你一样勇敢，我在听到那些话的时候，遭受了打击，沉重的，就像一个榔头直接敲碎了我的头颅，痛啊！”薛军脸上的表情很无奈。

“我的父母并没有错，但是我没有害怕，还是那么勇敢地去爱你，可你呢？你拔腿就跑，你算什么男人！”

“是，我不算男人，高傲算个男人！”薛军这句话一说出口就后悔了，说好的他要逗冉梦笑，说好的这次一定不让她走。

“他算不算男人我不知道，但你的作为更像一个懦夫！”冉梦的眼神不再温柔，她只是很失望地看着这个自己所深爱的男人。

“懦夫？我？冉梦，我们都才二十几岁，我除了前任就是你，你还想怎样？”薛军的脾气好像上来了，他最讨厌的就是被冤枉。

“爱不是比较，如果你要比较，你真的比不了高傲，这么多年来他从来没有放弃过我。”冉梦看着马路上流淌的车流，她没有想到今天见面会这样，这不是她想要的结果。

“好啊！冉梦，祝你们幸福！”说完，薛军一气之下朝院子外走去。

“薛军，你混蛋，你滚！”冉梦没有想过结局会是这样，她并没有打算真的离开，不然她早就走了，她跟高傲一起回来，是高傲一直担心她。现在好了，薛军还是改不了他的孩子气，一不高兴就走人。

冉梦坐在院子里哭了，这时下雨了，越来越大。高傲跑了出来，对她说：“进去吧，雨太大了！”

“你进去吧，我想淋一会儿。”

“那我陪你一起淋，直到你想进去。”

陈冉继续抽着烟，苏雪正在用抹布擦桌子，突然闯进来一个人，浑身湿透了，是薛军。

薛军径直朝屋子里走去，穿过画室，他再次看了看写在墙上的字迹，掉头拿着冉梦的行李走向门口，吼道：“冉梦，你跟我回家！”这不是要求，而是一种强势，让人没有办法拒绝的声音。

“她要跟我回新疆，你把她的行李放下！”高傲的声音也多了几分坚定。

“高傲啊！高傲，我是他男朋友，你连备胎都不是，这里轮不到你说话！”

薛军的声音混淆着雨声，却听起来很清脆。

苏雪和陈冉也感受到了气氛不对：“你们能不能进来说，外面雨那么大，是让我们免费看电影？”然而三个人仍旧僵持着，冉梦哭得什么都看不清了，也不知道脸上是雨是泪，“三只落汤鸡”就笔直地站在那里。

薛军再次冲向了走廊，扯下了贴在墙上的留言，说道：“冉梦，你自己看，你要是不跟我回家，我就把这个撕掉！”

出于好奇，冉梦扭头看了一下，着急地奔向薛军身旁，薛军怎么可能去毁掉他们留在这里的爱的印记，他很用力地把她抱住：“对不起，对不起，不要离开我。”冉梦没有挣脱，但也并没有像以前那样用胳膊环绕着薛军的腰。

高傲像个傻子一样盯着，不知所措，他一直都知道冉梦把他当哥哥一样看待，他好像也被雨淋清醒了，至少这个时候冉梦不是在他的怀里，他早就应该放手了，他心里仅有的一点儿希望也破灭了。

“薛军，我们聊一下，冉梦你先进去洗个热水澡，不然要感冒了。”此时的高傲特别像一个男人，更像一个长者。

三个人往屋子里走去，苏雪带走冉梦去房间洗澡，陈冉最不喜欢看的就是这些闹剧，所以躲进吧台后面玩起了手机。

“不好意思，刚刚出手太狠。”薛军开始了道歉。

“没事，你那点儿力气怎么可能弄疼我！不过你以后可千万别再抛下冉梦一个人跑了，不然我饶不了你。”高傲的这番话，让薛军明白了什么。

“你放心，我会好好照顾她，不过她家人那边我还真的不知道怎么办才好。”薛军此刻早已没有了当初的倔强，他知道再倔强的自己都无法战胜那颗爱冉梦的心。

“其实这次冉梦出来不是真的想要和你分手，而是希望你可以有所担当，她把户口本都偷出来了。”高傲的这番话完全让薛军不敢想象。为什么每一次都是冉梦勇敢，而不是他，冉梦是铁了心的，非他不嫁，他又有什么理由不娶这么优秀的女人，如果再错过，他这一辈子可能都遇不见她了。

三个人的闹剧终于结束了，相爱的两个人走到了一起，但失败者也让人敬佩，高傲的大度是对另外两个人的祝福。

两个人很快就领了结婚证，冉梦的朋友圈更是撒狗粮般地发了照片，又配上文字——“薛先生，余生请多照顾”。就像冉梦说的那样，她和薛军恋爱就是一起过完一辈子。

这些就是苏雪知道的冉梦的爱情故事，然而今天这样的日子苏雪始终感觉有问题。从他们到来的那一刻开始，两个人就没有牵手，冉梦的眼睛又是浮肿的状态。于是，苏雪问道：“怎么，吵架了？”

“本来我们早就要到的，结果我们差点儿离婚，到了民政局我们又后悔了。”冉梦从来不会隐瞒什么，尤其是在苏雪面前，更不会怕她笑话。

“不是好好的？结婚又不是儿戏，你们是不是脑花被榨干了？”苏雪一路见证了他们的爱情，她希望可以有个好的结局，去参加她们的婚礼，成为见证人，她想冉梦的所有都是美好的。

薛军一直没有说什么，只问了一句："有没有烟？"

"有，房间里，自己去拿。"苏雪一边说着一边继续码字。

"不是说不抽烟了？"冉梦突然插嘴。

"你们有造子计划了？烟都不让抽了？"薛军不抽烟，也只能是这样的理由，难道他还真的戒烟？没有缘由的？苏雪只能按照自己心里的想法去问。

"省钱！"冉梦的这两个字怎么有一股火药的味道，这让苏雪想起来冉梦之前聊天时说过的话。冉梦告诉她感觉自己变了，她丢失了骄傲，同时感觉一切都来得理所当然，还没有怎么感受热恋，就要步入婚姻，她感到有些可怕，所有的一切都将进入柴米油盐的状态。

"那你们继续吵，我给你们煮茶去。"苏雪已经习惯了情侣间的争吵，毕竟她也是吵着过来的，分手说了无数次，最后还是被陈冉的一个拥抱软化。

知道了他们为啥吵架，苏雪也不再担心了。她知道，这些小事儿比起他们一起所经历过的很多困难来说都只是一个小插曲。当然这小两口的插曲也让几个人没有了说话的兴致，大家围着炉火，喝茶、吃点心。

"苏雪，你给我们画几幅画吧，抽象的。"薛军抽完烟后的第一句话，打破了原本他和冉梦所带来的安静。

"好啊，你们把画布买来，然后告诉我你们想要的色彩。"

苏雪自己说着都大笑了起来，现在的她笑起来和以前不一样，她喜欢眼前的这种生活，笑容也越来越真实、纯粹。

"我们要走了，薛军的朋友今天过生日，到时候把东西给你送过来。"冉梦揉了揉微肿的眼睛，站起了身，说道。

火堆里又加了些木头、竹竿，燃得更加猛烈了，时不时有“砰”的一声，像一口钟被敲响了一样。被这小两口一闹，苏雪都忘了问陈冉要礼物了。

夜里两个人睡在床上，苏雪以为陈冉会有什么惊喜，比如枕头下面有个小东西，又比如一个大红包，然而事实是，什么都没有，只有陈冉的一个扑上身。

“陈冉，礼物呢？”苏雪是想要有一份礼物的，她是一个仪式感特别强的女人。

“我不就是你的礼物？”陈冉果真没有准备礼物，他们在一起久了，很多东西也就变了，但陈冉心里知道他对苏雪的爱从未减少，反而越来越多，更多的则是陪伴。

“我……你个无赖。”苏雪扯了扯被子，嚷了一句，陈冉关掉了灯。

时间总是会淡化些什么，但同时又会让我们明白些什么，尽管这个情人节苏雪没有收到陈冉的礼物，冉梦和薛军去民政局闹着要离婚，但最终日子还在过。

冉梦和薛军办酒席的那天雨下得太大，薛军又选择了去老家办婚礼，忙碌的苏雪实在有些抽不开身，便没有去参加。冉梦理解，苏雪一直在观望着她和薛军的爱情。

次年的十月，冉梦和薛军的爱情结晶出生了。在给孩子取名字时，她第一个想到的人是苏雪。

苏雪虽然不是算命先生，但她知道名字的重要性，如果取得不好，岂不是打自己的脸。那个夜里她想了很久，终于她发送了四个字给冉梦——“薛与梦希”，寓意薛军与冉梦两个人都有了归属。

“薛与梦希”还真成了孩子最终的名字。

第十二季

你好，重庆；再见，重庆

鲁克回来那天，重庆已进入了严冬，他总是在外漂泊，只听说了他的很多精彩的故事。他和陈冉的兄弟情可以让苏雪吃醋，苏雪经常搞不懂为什么陈冉可以抱着手机就笑，那种笑让苏雪很羡慕，因为她没有那种从小陪伴到大的朋友。即便她很想拥有，但也无法回到过去。

自从上次参加了方军的婚礼后，鲁克就再也没有回过重庆，他去了外地发展，并开了一家小店，将重庆的美食带到了沿海。他喜欢一个城市就会停下。当然，这次他也没停留多久，不到一年，他关掉了店，说是没有任何理由，就是想回重庆了。

陈冉去接机回到家的时候，苏雪早已困到极致，她一个人坐在露台不知道要干些什么，炉子里的木炭已燃尽，温度也下降了许多。今天的苏雪情绪很低落，兴许是在想着和陈冉去旅拍的事情，以前她只要想到出去玩，就会像个孩子一样特别开心，这一次却显得那么不一样。

苏雪知道余生要去一百一十七个地方拍婚纱的意义所在。

几年了，苏雪没有想过结婚，但她想在这个年龄去为自己的爱情做些什么，所以她想和陈冉一起，将他们的爱情种在不同的地方。她从小就厌恶那纸婚书，不是恐惧，而是她就想按照自己的意愿去过，她想要的从来就和别人不一样。

陈冉好像并不怎么关心这件事情，很随便，这次是他们要去的第二个地方，明天就要走了，行李还没有整理，穿什么拍照也完全不知道，苏雪也不想去担忧了。以前每次出去旅行她都会收拾好行李，小到一个充电器、陈冉要穿的袜子等，这次她不想了，所以才一个人在露台烤火。她是在生气，很明显。她需要陈冉哄，自始至终她每一次生气都只是为了这个，这样她才会觉得自己在陈冉的心里很重要。

鲁克也感受到了异样的气氛，他虽然没有和苏雪怎么长时间接触，但平时朋友圈里也有不少互动，他知道肯定是陈冉惹她不开心了。

“苏雪，你们上次的婚纱照好漂亮，在那些俗烂婚纱照面前，你还是那么脱颖而出，很接地气。”鲁克在故意找话题，他根本就不知道苏雪正在为这件事情而生气。

“那是肯定的嘛，我家宝宝从来都是不走寻常路，明天我们还要飞到另一座城市去拍，你要不要一起去？”陈冉一边说着一边走向了苏雪，并摸了摸苏雪的头。苏雪是个知足的人，就这么一句话，一个抚摸，她也就全盘妥协了。

“你们坐着聊，酒自己去开，我还没收拾行李，先下楼去收拾了，一会儿上来。”说完苏雪就乖乖地下楼了，陈冉这次很懂事，也紧跟其后，两个人你一件衣服、我一条裙子地往行李箱里塞，直到行李箱中再也装不下任何东西，他们才相视笑了笑，算是和好了。

三个人好久没见了，尽管这个季节的夜晚是寒冷的，空调屋里待着并不舒服，苏雪讨厌空调让皮肤很干燥的感觉。她夹了些碳放在炉子里，让温度升高些，又去搬了一箱啤酒，还是老规矩，他们最喜欢的山城啤酒。

鲁克瘦了很多，皮肤很干，有些脱皮，他还是一根接着一根地抽烟，感叹着时间的飞逝以及与陈冉之间的友情。方军的老婆要生孩子了，所以鲁克没有去找他。

鲁克是向来不喜欢提起方军的，但他的心中一直压抑着一个事情，这是一个秘密，连陈冉都不知道的秘密。这次鲁克回来不是因为小店无法经营，相反他的店生意很火，事业成功，感情却并不得意，他爱上了一个已婚的女人。

这个女人二十岁就结婚了，五年了，鲁克找了她整整五年，终于在那座城市找到了她，她却早已为人母。他索性就留在了那里。

鲁克又讲起了当年发生的事情，他们三兄弟之间的故事，方军高就了，陈冉去了部队。他呢？开始每天买醉，他一个人不知道前往山上了多少次，一个人在这座城市，心里装着三个人的故事。

他已经记不起自己喝断片的次数，喝完酒的他就会哭，哭完之后就睡了，他总是在山顶的亭子里睡觉，一睡就是很久很久。

突然有天他醒来发现旁边放着一瓶还没有打开的矿泉水，都知道喝醉酒的人醒来一定会口渴，他"咕噜咕噜"地灌了下去，抽了根烟才醒过神来。他是个可怜的人，可怜到只有一个陌生人去关心他，他想着以前发生的那些快乐的事儿，他想陈冉和方军。

他想知道那个给他矿泉水的人是何方神圣，是不是陈冉回来了，是不是方军？这一切都是他的想象，他太喜欢三个人在一起的日子，同时这也成了他心中的痛。

山顶的风"呼呼"地吹着，他打了一个喷嚏，天有些凉了，他掏出手机给自己拍了一张照片，照片里的自己是那么陌生，毛糙的头发，脸色泛黄，猜想着那个给他矿泉水的人一定是把他当成了流浪汉。他又何尝不是在流浪呢？

他在酒里流浪，在酒里去感受三个人过去的美好。鲁克是个忧郁的"愤青"，偶尔还会抱起吉他弹几下，只是弹的音乐没有人听，他把音乐献给了风，献给了每日每夜的颓废与孤单。

好几天，他都醉得不省人事，但每次醒来，都有一瓶矿泉水，这让他感到好奇。他想知道这个人是谁，这次他刻意没有饮酒，早上五点钟就去了那里，他在等一个人，一个他不确定的人。

直到一个模糊的身影出现，他用微微要睁开的眼睛瞄了又瞄，这是一个女人，一个身材娇小，脸颊有些肉嘟嘟的女人。女人穿着一身运动装，想必每天都在这儿跑步，果然，后面还有一群人，鲁克收回了视线，继续装睡。

女人向他走过来，轻轻地放下了手里的矿泉水，鲁克很想睁开眼睛说一声“谢谢”，可他没有，他不想女人看到自己颓废的样子。女人走了，跟着那一群人。那天女人穿了一套粉色的运动装，早晨的第一缕阳光正好打在她的衣服上，让她看起来像早晨盛开的粉色月季花，娇嫩，充满生机，是那么朴素大方。一股淡淡的花香味好像正朝他扑面而来，鲁克睁开了眼睛，他“嗖”地一下跳了起来，女人的身影早已不在，只剩山顶的野菊花正盛开着。他抿嘴笑了笑，挪动着脚步，去了理发店。明天他要帅气地站在女人面前，礼貌地说声“谢谢”。

收拾干净的鲁克又回到了最初阳光的样子，他穿着一套宝石蓝色的休闲装，头上戴了一顶白色的鸭舌帽，手里握着一瓶矿泉水，他这是要送给那个女人的。很快女人的身影出现了，后面依旧是那一群人，他没有迎面而上去说“谢谢”，而是加入了跑步者的行列中。

他在心里组织着语言，从昨天到今天他一直在想，该怎么开口。就在他脑海里思索着要怎么开口的时候，一个声音让他停止了想象，女人摔倒了，在铺满青苔的石梯上，女人晕了过去。

所有人都着急了起来，鲁克更是着急万分，他对这里太熟悉了，二话没说，背起女人，朝着山下的医院跑去。他想叫女人的名字，但不知道她叫什么。

鲁克着急到忘了医院是要先交押金的，他苦苦地哀求医生道：“我马上回家拿钱，请先救一下这个女孩。”他再次奔跑，朝着家的方向，路